ハヤカワ文庫JA

〈JA1525〉

僕が君の名前を呼ぶから

乙野四方字

早川書房

8841

僕が君の名前を呼ぶから

本書は書き下ろし作品です。

栞《しおり》の日記

8月16日

久しぶりに、この日記を書きます。

前に書いたのはいつだっただろうとページをめくってみれば、もう三年も前。ちょうど古希のお祝いでした。この年になると日々特に書くこともなく、三年なんてあっという間です。

年を取るほど時間の流れが速く感じることを、ジャネーの法則と言うそうです。ご存じでしたか？　なんて、知識自慢をしてしまいました。私も進矢《しんや》さんから聞いただけです。あなたくらいしか披露する相手がいないの、許してくださいね。

あなたはいかがですか？　お変わりありませんか？

私はと言えば、もうそろそろお迎えが近いのかもしれない、なんてことを最近よく思うようになりました。今年、特に今月に入ってから、妙な胸の苦しさを覚えることが多いのです。お医者さんは大丈夫だと仰《おっしゃ》るのですが。

もしかしたら、この日記を書くのもこれが最後になるかもしれません。そうなったら、あなたともお別れですね。

結局あなたからは、一度もお返事がもらえないままです。

今日、あなたに書いた日記を読み返していました。最初の日記から、ずっと。

不思議ですね。もう何十年も前なのに、あの日のことをはっきりと思い出せました。

私が初めてあなたと会った……いえ、会ったと言うのは違いますよね。あれは何と言えばいいんでしょう……気づいた？　感じた？　どちらも違うような……もしかしたら、私がおかしくなってしまっただけなのかもしれませんね。若い頃はそんなはずがないと思っていましたが、今になってみれば、案外単純にそれだけだったのかもしれないと思うようにもなりました。それだけ、両親の不仲が私にとって苦痛だったということなのでしょう。

とにかく、私が初めてあなたに……やっぱり「会った」と言わせてもらいます。あなたに会ったあの時を、久しぶりに思い出したのです。

第一章　幼年期

1

両親の不仲がいよいよ極まって、もはや離婚の秒読み段階に入ったのは私が七歳の時だった。

母は科学者で、当時はまだ世間的に認知度の低かった虚質《きょしつ》科学という分野の第一人者だ。最先端の理論や技術には当然ながら守秘義務があり、専業主夫だった父と母の間に共通の話題はとても少なかったようだ。ただでさえ二人には知力や学力、学歴にも大きな差があり、早い話、父は母に対して強いコンプレックスを抱いていた。

母が働き、父が家事をする。もともと納得してその関係を選んだはずだが、実際にそういう生活を送ってみて、父の中に違和感が生じたのかもしれない。一方の母が、なんの葛藤もなく生き生きと日々過ごしているように見えたのも、父は気に入らなかったのだろう。

母の帰りは遅く、大抵は私たちが眠りについたあと。そして私が登校するときに起き出してきて、行ってらっしゃいの挨拶だけは毎日欠かさず、しかし父の話によるとそのあとはまた寝ていたらしい。

たまの休みに時間があれば、母は私にいろいろなことを教えてくれた。とはいえ、母は人に何かを教えるのがあまり得意ではないようで、その内容も科学者としての専門知識ばかりだった。当時小学生だった私は、とても理解できないその言葉たちを不思議な呪文のようにただ聴いているだけで、父がよく「まだわかるはずないだろう」と止めに入ったものだ。

自分で言うのもなんだが、当時の私はその年齢にしては随分と賢かったと思う。おそらくそれも母のおかげなのだろう。だから私は、きっと父が思っていたよりもずっと、母の話を聞いているのが好きだった。

だけど父は、母の仕事には理解を示しつつも、しかし母親としてはあまり一般的ではないその態度に不満を抱いていたらしい。私と二人のときによく、母さんのことをどう思うかと聞いてきた。私の口からも、母への不満の言葉が聞きたかったのだろう。

私はと言えば、そんな母が決して嫌いではなかった。

きっと母は、小さい私と何を話せばいいのかわからなかったのだ。

だけど母親として、何か話さないとと思った結果、教えるという行為に至ったのだと思う。それは紛れもなく、母なりの愛情の形だった。

もちろん、当時はそんな難しいことを考えていたわけではない。だけど子供ながらに、私に難しいことを話して聞かせる母の声や眼差《まなざ》し、その表情から、なんとなく安心するものを感じていたのは確かだった。

おそらく、あの頃の父の中には「理想の家族像」というものがあって。

その家族像に、私と母はぴたりとはまらなかったのだろう。

私は最初、両親の不仲になど気づきもしなかった。うちは家族みんなが仲良しで、よそとは少し違う形でも、幸せしかない家庭なのだと思っていた。

そうではないことを知った最初のきっかけは、私が小学一年生の頃から見始めた、嫌な夢だ。

それが、私が覚えている限りでは初めての、並行世界との邂逅《かいこう》だった。

2

最近、たまに、とても嫌な夢を見る。

深夜。多分、もう日付が変わった後だ。ふと目を覚ました私は、不穏な気配を感じてそっとベッドを抜け出し、リビングへと向かった。

「もう少し、早く帰れないのか？」

いつものように遅く帰ってきたお母さんを、お父さんが責める声が聞こえてくる。

「ここのところずっとじゃないか。仕事が大変なのは理解してるよ。でも、せめて週に一度くらいはうちで晩ご飯を食べる日があってもいいだろう」

ああ、またこの夢だ。リビングで、お父さんとお母さんが喧嘩《けんか》をしている夢。と言っても、喋っているのはお父さんばかりだ。お母さんは黙ったまま、じっとお父さんの言葉を聞いていて、たまにぽつりぽつりと小さい声で何かを言い返す。

「休日はうちで食べてるでしょ」

「平日の話だよ」

「だったら週に一度じゃなくて平日に一度と言うべきよ」

「そういうことじゃなくて……」

ため息をつくお父さん。お父さんの気持ちもわかる気がする。お母さんだってもう少し違う言い方をすればいいのに。でも、それができないのがお母さんなんだ。

お父さんは、いらいらした様子で問いかける。

「……君は、仕事と娘とどっちが大事なの？」

今度は私がため息をつきたくなった。それは駄目だよお父さん。そんなことを言っちゃ駄目だ。お母さんも、呆れたように聞き返す。

「そのくだらない質問に、どうしても答えないといけない？」

お父さんはすぐに反省したようで、小さく「ごめん」と謝った。でもそのすぐ後に「だけど」と繋ぎ、二人の喧嘩は続く。

私は怖くて悲しくて、泣きそうになるのを我慢しながら部屋へ戻り、ベッドにもぐって目を閉じる。早く寝てしまおう、明日になれば大丈夫だから——そう信じて。

そうして次の日になると不思議なことに、お父さんもお母さんも何事もなかったように仲良くしていた。

お母さんは必ず、私が小学校へ登校するときに起きてきて、お父さんと一緒に「行ってらっしゃい」と言ってくれる。そのときの二人は、昨日の夜喧嘩していたことなど嘘のように和《なご》やかな雰囲気だ。

私のために、仲が良いふりをしてくれているのかな、と思ったこともあった。だけどどうも違うみたい。休日とかに二人の様子を見ていても、まるであの喧嘩自体が無かったようにしか思えない。

だから私は、二人の喧嘩は私が見た夢なんだと思っていた。現実とは何の関係もない、悪い夢の世界の出来事なんだ、と。

だけど、私は知ることになる。

それは、並行世界の出来事だったんだということを。

現実と関係ない悪い夢じゃなくて、現実のすぐ隣にある、もう一つの現実。

それを知ったのは、私が悪夢を見始めて少し経った頃だった。

○

「へいこう世界？」

「そう。並行世界」

タブレットに指先で文字を書きながら、お母さんが言う。

お母さんと一緒の休日。お母さんはこうして私を膝に乗せながら、タブレットを使っていろんなことを教えてくれる。今日の講義は「並行世界」について、らしい。

「って、なに？」

初めて聞く言葉、初めて見る漢字にわくわくする。お母さんの話はいつも難しくてわからないけど、それでもお母さんの話を聞くのは好きだ。

「私たちが生きているこの世界は、似たような世界がいくつもあってね。私たちはその中の一つにいるんだ」

「そうなの？」

「うん。なんて言うかな……ここととほとんど同じ、でも少しだけ違うとこが、隣にいくつも並んでて……うーん、難しいな」

腕を組んで黙ってしまうお母さん。少しだけ違うとこが、隣にいくつも並んでる……それによく似た場所を、私は思い出した。

「……学校の教室みたいな感じ？」

「ああ、そうそう。栞は頭が良いね」

お母さんが頭を撫でてくれる。それがとても嬉しくて、にっこりしてしまう。

「たとえば今いるこの世界が、A組だとしようか。栞はA組で給食を食べている。でも、隣のB組にも、その隣のC組にも、そのまた隣のD組にも……全部の教室に栞がいるんだ」

「え？　でも、私は一人しかいないよ？」

「そうだね。栞は一人しかいない。でも、並行世界には別の栞が無限に存在するんだよ」

「むげん……」

「たくさんってこと」

「うん」

　よくわからないけど、頷いておく。

「A組の栞は、昨日の給食はなんだった？」

「えっとねぇ、ハンバーグだったよ」

「いいね。でも、もしかしたらB組の栞の給食は、エビフライだったかもしれない」

「ええ？　給食はどのクラスでも一緒だよ？」

「それが一緒じゃないのが、並行世界なんだ。すぐ隣のクラスは一緒かもしれない。でも五つ隣のクラスはサンドイッチかもしれない。十、二十と遠くなるほどその差は大きくなっていって、百も隣のクラスだと、もしかしたら風邪が流行《はや》っていて学級閉鎖してるかもしれない」

「うーん」

そんなことがあるのだろうか。だって給食はみんな同じはずだ。首を傾《かし》げる私に、お母さんはさらに違う話でたとえてくれる。

「本当だよ。たとえば栞は、授業を受けているときに、消しゴムがどこかに行ってしまったことってない？」

「ある！」

「その消しゴムが、探したはずのところから出てきたことは？」

「ある！」

「それはね、A組の栞が、いつの間にかB組の栞と入れ替わったからなんだよ」

「入れ替わる？」

「そう。A組の栞が、消しゴムを使って机の上に置く。ちょうど同じとき、B組の栞は消しゴムを使った後ペンケースにしまう。その瞬間に、二人が入れ替わる。だから栞は机に置いたはずの消しゴムを見失ったんだ。ここに置いたはずなのに、と思って他の場所を探しているうちに、二人は元に戻る。すると机の上で消しゴムが見つかる……これは、栞が知らないうちに並行世界を移動したからなんだよ」

確かに、たまにそういうことがある。それは並行世界のせいだったのか。

「私が研究してる虚質科学というのは、そういう学問なんだ」

お母さんの言うことが完全に理解できたわけでは、もちろんない。

だけど私は一つ、嫌な考えに至った。

「……今と少しだけ違う世界がたくさんあって、そこには私じゃない私がたくさんいて、それがたまに入れ替わるの？」

「そう。栞だけじゃなくてみんなが、知らないうちに並行世界を移動してるんだ。まぁ、大抵はすぐ近くの世界にしか移動しないから、今言ったみたいにほんの少しの違いしかないんだけどね」

「それって、夢じゃないの？」

私の一言に、お母さんは少し目を丸くして、興味深そうに続ける。

「夢か……そうだな、もしかしたら夢というのは、並行世界の自分を覗き見てるのかもしれない。そう考えてる人もいるね。私も、あり得ない話じゃないと思ってる」

「じゃあ……」

その続きを、声に出すことができない。

じゃあ、私がたまに夢に見る、喧嘩をしているお父さんとお母さんは？

もしかしてあれは夢じゃなくて、並行世界の私の家なの？

怖くて、そう聞くことができない。

「栞……？　どうしたの？」

心配そうに私の顔をのぞき込むお母さん。

そのとき、キッチンの方からお父さんの声が聞こえてきた。

「二人とも、ご飯できたよ！　ほらお母さん、難しい話はもうおしまい。栞が困ってるじゃないか」

「あ……ああ、そうね。栞、ご飯だって」

「……うん！」

明るく返事をして、お父さんの元に駆け寄る。お母さんもついてきて、三人で一緒に食器を運ぶ。

大丈夫。あれはただの悪い夢だ。

だってお父さんとお母さんは、こんなに仲が良いんだから。

だから大丈夫。私の世界は大丈夫。私は必死で、自分にそう言い聞かせていた。

だけど。

夢の世界の仲が悪い二人と、現実の世界の仲が良い二人は、少しずつ近づいていった。

3

ずるい

タブレットに残されたその一言に、私は首を傾げた。

また悪い夢を見た、次の日の朝のこと。起きてすぐ、忘れ物をチェックするため授業で使っているタブレットを立ち上げると、すぐ画面に表示されたのが「ずるい」の文字だ。テキストデータとして入力されたのではなく、ペイントソフトを使って指で描かれた文字だった。昨日の私はこんなものを描いただろうか？　そんな覚えはない。

なんだか気味が悪いけど、怖くて消すこともできなくて、お父さんに相談しようと思ってリビングに行った。そしたら珍しく、お母さんも起きていた。

「あれ、お母さん。珍しいね、こんな時間に起きてるなんて」

「ああ……おはよう、栞」

朝からお母さんに会えて上機嫌な私とは反対に、お母さんはなんだか気まずそうな笑顔を私に向ける。

「栞、その……あの後、ちゃんと眠れた？」

「え？　うん」

どうしてそんなことを聞くんだろう？　それに「あの後」って？

困惑する私の頭をお父さんが優しく撫でながら、ゆっくりと言う。

「栞、昨日はどうしてあんなことを言ったんだい？」

心臓が、きゅっと縮むのを感じた。

昨日？　あんなこと？　何？　私、何も言ってないよ？

お父さんに続いて、お母さんもよくわからないことを言ってくる。

「栞、私たちは別に喧嘩をしてたわけじゃないの。ただちょっと、大事なお話をしてただけなのよ」

喧嘩？　なんだかとても嫌な感じがする。私の知らないところで、知らないことが起きているような、そんな。

「……お話って、なんの？」

私が聞くと、お父さんがごまかすような顔で返事をする。

「ああ、その……ほら、栞の作文が学校で賞を取っただろ？　もうすぐ栞の七歳の誕生日だし、それとあわせて豪華にお祝いしたいねって」

お父さんの言葉に、後ろでお母さんも頷く。お母さんは嘘はつかない、というかつけない人だ。だから、何かをごまかしているとしてもまるっきりの嘘というわけじゃないはず。

私は少し安心して小さく笑う。

「そうなんだ。嬉しい」

「うん。だからその日は、お母さんも早く帰ってきてくれるって。な？」

「努力はする」

「約束だろ」

「……約束はできない。努力はする」

どうしても約束しようとしないお母さん。お母さんはいつも、できない約束はしない。

お父さんが少し不満そうな顔になったので、慌てて私が間に入る。

「大丈夫だよ。お母さんのお仕事が忙しいの、わかってるから」

「……ごめんね、栞」

申し訳なさそうな顔をするお母さん。お母さんだって、私のことがどうでもいいとか嫌いだとか思ってるわけじゃない。お父さんもそれはわかってるはずだ。

なのにお父さんはまだ納得がいかない様子で、不満げな表情を隠そうともしない。やっぱりおかしい。今までこんなにあからさまに、二人の間の空気が悪いことなんてなかった。

これじゃあまるで、私がたまに見る悪い夢の二人みたいだ……。

そう考えたとき、思いついたことがあった。

私は昨日の夜、また悪い夢を見た。

もしそれが夢じゃなくて、お母さんが言っていた、並行世界だったとしたら？

夢だと思っていた世界。お父さんとお母さんが少しだけ仲の悪い世界。私は昨日の夜その世界に来て、まだ元の世界に戻ってないんじゃあ？

そうだ、それならタブレットにあった「ずるい」という文字の謎も解ける。あれは私じゃなくて、並行世界の……この世界の私が書いたんじゃあ？

だとすると、何がずるいんだろう。この世界では昨日、何があったんだろう。この世界の私は昨日、何かを見て、何かを言ったんだ。だからお父さんとお母さんは、私に謝ってきた。

この世界の私は一体、何を言ったんだろう？

「お父さん、お母さん、あのね……私、昨日、ちょっと寝ぼけてて。よく覚えてないんだけど……何か、言ったの？」

私の質問に二人はきょとんとして、それから少し心配そうに顔を見合わせ、そして私を安心させるように小さく笑った。

お父さんが私の頭をなでながら言う。

「大丈夫。覚えてないならいいんだよ」

それに続いて、お母さんも。

「うん。栞は少し、悪い夢を見ただけなのよ」

悪い夢。もしそれが並行世界のことだったら、私にとっての悪い夢は今いるこの世界のことだ。この世界のお父さんとお母さんは、私の世界よりも少し仲が悪い。この世界の私には悪いけど、私は早く元の世界に戻りたかった。

これが夢で、夜だったら、目が覚めれば元通りなのに。

○

ご飯を食べて、登校の準備をするために部屋に戻る。

机の上に置きっぱなしのタブレットを見て、そこに書かれている文字を見る。

ずるい

その文字を見て、ふと頭に浮かんだことがあった。

考えてみる。そもそも、私が並行世界にいるのだとしたら、この世界の私はいったいどこへ行ってしまったんだろう。

お母さんは「入れ替わる」と言っていた。A組の私がB組に行ったなら、B組の私はA組へ。私は昨日、悪い夢を見た。私がそのときこの世界にいたのなら、私の世界には、この世界の私がいたということになる。

だとしたら。

この世界の私は、自分の世界よりも仲が良いお父さんとお母さんを見て、どう思っただろう？

ずるい、と思ったんじゃないだろうか？

私の世界に来たもう一人の私が、仲が良い二人を見て、タブレットに「ずるい」と書いた。それから元の世界に戻って、私がその文字を見たんだとしたら……。

なんだかとても、嫌な予感がした。

……もしかして、ここは、並行世界じゃないんじゃ？

ここは悪い夢でも並行世界でもなくて、本当に私の世界で……お父さんとお母さんは、本当に少しだけ仲が悪くなったの……？

昨日の夜、私ともう一人の私が入れ替わって、もう一人の私は仲の良いお父さんとお母さんを見た。そしてそれをずるいと思った。

だからもう一人の私は、私のお父さんとお母さんに何かを言った。

それが原因で、お父さんとお母さんは、少しだけ仲が悪くなった……？

今まで悪い夢で見てきた、仲の悪い二人の姿を思い出す。私のお父さんとお母さんもあんな風になるの？　そんなの嫌だ、絶対に嫌だ！

夢なら早く覚めてほしい。ここが並行世界なら、早く元の世界に戻ってほしい。

だけど、ここが並行世界じゃないのなら。

私はいったい、どうすればいいんだろう……。

4

決定的なことが起きたのは、私の七歳の誕生日だった。

今年の誕生日はいつもより豪華だった。学校で私の作文が入賞したことも一緒に祝うからだ。豪華とは言っても高級レストランに行ったりするわけじゃなくて、お父さんの作ったごちそうと少し大きなケーキを家族で食べて、少し贅沢《ぜいたく》なプレゼントをもらう、というだけなんだけど。それだけに、お父さんは気合いを入れて準備していた。

私の頭にはお姫様みたいなティアラ。テーブルには人数分のクラッカーと、載り切らないほどたくさんの手料理が並んで、なんと冷蔵庫の中で出番を待っているケーキまでお父さんの手作りだ。完璧な誕生日。

ただ一つ、やっぱりお母さんがいないことを別にすれば。

テレビを観たりお話をしながらお母さんの帰りを待っていたけど、時計の針が八時を過ぎた頃にはさすがのお父さんも黙り込んでしまった。いつもは六時にはご飯を食べて十時には寝ているので、これはもう遅すぎる。

私のお腹《なか》が、ぐぅ、と大きく鳴った。

「……お父さん、もう食べようよ」

「……きっとお母さん帰ってくるから。もう少し待ってみよう？」

言いながらお父さんはスマートフォンを手にとって、通話アプリでお母さんを呼び出す。だけど何度鳴らしても繋がらない。六時半を過ぎた頃、お母さんから一度連絡があった。

想定外のトラブルがあって遅くなると。でもそれ以降は何もなかった。

「お母さん、お仕事が忙しいんだよ。私は大丈夫だから、食べよう？」

「……ごめんね、栞」

「なんで謝るの？　私、お腹空《す》いちゃった！　もう我慢できない。だってお父さんのお料理すごく美味《おい》しそうなんだもん！」

無理をしていたつもりはない。そりゃあ、お母さんも一緒にお祝いしてくれるならそれが一番嬉しいけど、お仕事が忙しいなら仕方ない。迷惑をかけちゃいけない。その分、お休みの日にたくさん甘えればいいんだから。

「……そうだね。食べようか。じゃあその前に」

やっと笑ったお父さんは、クラッカーを二つ持ってその紐を一緒に握る。

「お母さんの分も一緒に……栞、お誕生日と作文の入賞、おめでとう！」

ぱぱん、と乾いた音が響いた。

○

夜。

いつもより少し遅くベッドに入った私は、リビングの方から聞こえてきた声に目を覚ました。

嫌な予感がする。きっとこのまま布団をかぶって、耳を塞いで寝てしまった方がいい。

それはわかってる。わかってるのに、私はそっとベッドを抜け出して、足音をたてないようにリビングへ近づいた。

お父さんとお母さんの声が、はっきり聞こえるようになる。

「今日が何の日か、忘れてたわけじゃないだろ？」

「覚えてるよ」

「今日は早く帰ってくるって約束したじゃないか」

「……悪いとは思ってる。ごめん。でも約束はしてないはずだ」

「そういう問題じゃないだろ！」

今まで聞いたことがないような、お父さんの怒った声。まるで自分が叱られたかのように、私の体がびくりと震える。

「大きな声を出さないで。栞が起きる」

「……そんな母親らしいことが言えるなら、ちゃんと帰って来いよ」

「そのつもりだったよ。でも、私がいないとどうしようもないトラブルだったんだ」

声を震わせるお父さんに、あくまで冷静に返すお母さん。お母さんは、お仕事の話をするときは男の人のような口調になる。今そうやって話すお母さんの態度も、きっとお父さんは気に入らなかったんだと思う。

「……君は、仕事と娘とどっちが大事なの？」

——それは。

お父さんの、その言葉は。

「そのくだらない質問に、どうしても答えないといけない？」

お母さんの、その返事も。

私は今のやり取りを、聞いたことがある。悪い夢の中で。お父さんとお母さんの仲が悪い、並行世界の私の家で——

それ以上聞いていたくなくて、私は自分の部屋に戻る。私の家も、並行世界の私の家みたいになっちゃったの？ それともここは並行世界なの？ もうあっちとの差がよくわからない。ここが並行世界ならいいのに。目が覚めたら全部元通りで、二人が仲良くしてたらいいのに……。

祈るような気持ちで目を閉じて、元に戻れ、元に戻れと頭の中で繰り返しながら、私はいつの間にか眠っていた。

お父さんが私に「二人で暮らそう」と言い出したのは、その一ヶ月後だった。

○

「栞、お父さんと、二人で暮らそう」

お父さんが何を言っているのか、なぜだか私は理解していた。

お父さんは、ついに我慢できなくなったんだ。この家族の形に。

もしも私が、お父さんと一緒になってお母さんに文句を言っていれば、こんなことにはならなかったのかもしれない。お父さんはきっと、この家の中でひとりぼっちで戦っているような気分だったんじゃないだろうか。

あの誕生日のあと、真夜中に何度もお父さんとお母さんが話し合っているのを、こっそりと聞いていた。翌朝、私に「おはよう」と言うお父さんの表情に、だんだんと諦めの色が混じり始めるのをなんとなく感じていた。

「お父さんとお母さんね、少し、別々に暮らそうと思ってるんだ。仲が悪くなったわけじゃないよ。ちょっと、どうしようもない理由があってね」

精一杯の笑顔でお父さんは言う。嘘の笑顔だって、私にはわかるのに。

お母さんはその後ろで何も言わず、いつものクールな表情でソファに座っていた。お父さんには悪いけど、ああ、かっこいいな、なんて思ってしまう。

「でも、お母さんはお仕事が忙しいから、栞のご飯を作ったりできないんだ。だから栞、お父さんと一緒に行こう」

ずるい。そんな言い方をされたら、断れなくなってしまう。私は自分のお仕事をしているお母さんが好きだ。だからお母さんに迷惑をかけたくない。そんな言い方をされたら、頷くしかなくなってしまうじゃないか。

「もちろん、もう会えなくなるわけじゃないんだよ。栞が会いたいと思えばいつでも会えるんだからね。少し住む場所が遠くなるだけなんだ」

さも大したことではないという風に言っていたけれど、そんなわけがないということは感じていた。会おうと思えば会えるのだろうけど、いつでも好きなときに、なんてわけにはいかないだろう。

「フェアじゃないから、私も言わせてもらう」

それまで黙って聞いていたお母さんが、初めて口を開く。

「確かに私は仕事で忙しいから、お父さんほど栞の面倒は見てやれない。だけどそこは家事代行を頼むなりすればどうとでもなる。大事なのは、栞がどうしたいかだ」

「そんなこと、子供に選ばせるべきじゃない」

「どうして？　栞も一人の人間だ。栞は頭が良い。自分がどうしたいか、ちゃんと自分で選べるはずだ」

「それは大人としての責任の放棄だ。僕たちが決めて、その責任も僕たちが負うべきだ」

「自分の人生は自分で責任を負うべきだと思う。もちろん栞に何もかも押しつけるつもりはないよ。だけど栞のために、栞の意思は聞くべきだ」

お父さんの言うことも、お母さんの言うことも、間違っていない気がする。

私はいったい、どうすればいいんだろう？

お父さんもお母さんも、どっちも好きだ。お父さんはいつも私と一緒にいて面倒を見てくれて、遊んでくれる。お母さんは一緒にいないことが多いけど、たまの休日に私を膝に座らせて、いろんな難しい話を聞かせてくれる。その時間が私の一番の楽しみだった。二人ともそれぞれのやり方で、私を愛してくれている。

だから選べない。どっちか片方なんて。

なかなか答えが出せない私に、お父さんが言った。

「お母さんと一緒に暮らすなら、知らない人にご飯を作ってもらうことになるけど、今まで通りこの家に住める。お父さんと一緒に暮らすなら、引っ越すことになるけど、そんなに遠くじゃないよ。歩いても行ける距離だし、転校もしなくていいしね」

どちらの場合もいいことと悪いことがある。だけど転校しなくていいという事実には少し安心した。もっとずっと遠くに行かなければいけないのかと思っていたからだ。だけど、だったらなおさらどっちを選べばいいのかわからなくなる。もし県外に引っ越すとかいう話なら、それを理由にお母さんを選ぶこともできたのに。

いっそ、もっと気軽に選んでもいいんだろうか……。

もういいや、と半ば自暴自棄《じぼうじき》になって、お父さんかお母さん、どちらかの名を呼ぼうと口を開きかけたその瞬間。


だめ。


……心の奥底から、そんな声が聞こえたような気がした。

途端に、私の中で一つの思いが膨《ふく》れ上がる。本当の思いが。

「……いや」

「え？」

口に出してしまえば、あとはもう勢いだった。

「いや！　お父さんとお母さんが別々に暮らすなんて、絶対にいや！　なんでそんなこと言うの⁉　私は二人とも大好きなのに！　みんな一緒がいいのに！」

なんだかとても我慢できなくなって、私は生まれて初めて、お父さんに対してそんな大きな声を出した。自分でも驚いた。自分が自分じゃないみたいだ。だけど抑えきれなかった。まるで、私の中にいるもう一人の私が叫んでいるみたいだった。

「お母さんの帰りが遅くてもいい！　朝はおはようって言ってくれるもん！　お休みの日はいろんなお話聞かせてくれるもん！　私、全然怒ってないのに！　なんでお父さんは怒るの⁉」

お父さんはショックを受けたような顔で私を見る。きっと、驚いたんだろう。私が、お父さんが怒っている理由を全部わかっていることに。

「栞……」

泣き出した私の頭を、お父さんは困ったように撫でる。

そこに、お母さんが静かに話しかけた。

「……私があなたに頼り切って、栞のことを全部任せてしまっていることは、謝る。だけどそれは、それが栞にとって一番いい形だと思ってるからなの」

「栞にとって、一番いい？」

「うん。私の研究は、近い将来、人類の日常を変えてしまうと思う。きっと世界は混乱する。でも私がそれを少しずつ栞に伝えていけば、栞は真っ先に、その新しい世界に順応できるのよ」

お母さんの言っていることは、全部は理解できない。だけど、お母さんが遅くまで帰ってこないのも、私に難しい話をし続けるのも、私のためを思ってのことなんだということは伝わってきた。きっと、それはお父さんにも。

「だからあなたには、その手助けをしてほしい。私も、その……できる限り、頑張るから」

珍しく、子供のような喋り方をするお母さん。それを聞いて、強張《こわば》っていたお父さんの顔からも力が抜ける。

「……君は、本当にすごい仕事をしてるんだね」

「うん。我ながらすごいと思う」

そしてお父さんは、ついに小さく笑った。

「あははっ……そんな君と夫婦なんだから、僕もどっしり構えてないとね」

さっきまでの冷たかった空気が、ゆっくりと温かくなっていく。

「栞、ごめんね。やっぱり今まで通り、三人で一緒に暮らそう」

「うんっ！」

私は嬉しくて、一番大きな声を出してしまった。

それと同時に。

よかった。

また、心の奥で誰かが囁いた気がした。

◯

それから、お父さんとお母さんが喧嘩をすることはなくなった。

ある日、私はふと思い出して、お母さんに聞いてみた。

「あのねお母さん、夏休みに入る前のことなんだけど……私のタブレットに、私が書いた覚えのないことが書いてあったの」

「ふぅん？　なんて？」

「えっと……それは秘密なんだけど。あれってもしかして、並行世界の私が書いたのかな？」

「そうかもしれないね。パラレル・シフトは気づかないうちに起きていることがほとんどだから、そういうことも十分にあり得るよ」

「そっか」

パラレル・シフト……並行世界の自分と入れ替わることを、そう言うらしい。じゃああれはやっぱり、並行世界の私が、私の両親を見て書いたものなんだろう。

あれ以来、悪い夢は見ていない。あの世界のお父さんとお母さんはどうなってしまったんだろうか。やっぱり離婚してしまったのだろうか。だとしたら、あの世界の私は、いったいどっちを選んだんだろう……。

ずるいという言葉。そして、私のお父さんとお母さんが離婚しそうになったとき、私の中で聞こえた「だめ」「よかった」という言葉。あれが誰の言葉だったのか、私はずっと気になっている。

「お母さん、並行世界の自分の声が聞こえることってあるの？」

「え？」

「あのね、なんていうか……頭の中で、声が聞こえたことがあるの。私の声。私が自分で考えたことなのかもしれないけど、そうじゃないような気もして」

「ふむ……」

お母さんは口に手を当てて、真剣な顔をする。

「パラレル・シフト時の虚質転移に有意な時間差はないから、そんなことはあるはずないんだが……いや、もしかしたら虚質の残響のようなものが生じる可能性もあるか？　いやむしろ、ラウンドダウン領域では共鳴のような現象が起こる可能性も……」

しばらくぶつぶつと呟いていたお母さんだけど、はっと我に返って私を見て、困ったように頭をかきながら。

「ええと……そうだな。可能性はゼロとは言えない」

そんなお母さんらしい答え方をした。

「じゃあ、並行世界の私とお話もできるの？」

「うーん、研究してみないとわからないけど……現実的には難しいな。それに、あまりやらない方がいいような気がする。もしかしたらある種のゲシュタルト崩壊に繋がる可能性もある」

「げしゅ？」

「ああ、えっと……自分が誰だかわからなくなるかもしれない、ってこと」

「そうなんだ……それは怖いね」

「うん。でも、どうしてそんなことを聞くの？」

すべてをそのままに話すことはできない。したくないし、する必要もないと思う。だから、嘘はつかないで、言えることだけを選んで慎重に話す。

「えっとね、少し前に、悪い夢をよく見てたの。それが、並行世界の私なのかもしれなくて。だとしたら、今どうしてるのか、大丈夫なのか、気になって……」

「そっか……そもそも、はっきり気づけるほど差違のある並行世界へのパラレル・シフトはそんなに頻繁に起こるものじゃないんだ。むしろ、一生で一度も経験しない人の方が多いくらいだ。だから栞のそれも、ただの夢だった可能性が高い」

「ええ？　そうなのかなぁ……」

そうなんだろうか。だってただの夢は、目が覚めたらだんだんと消えていくものだ。でもあの世界は、あまりにも記憶に残りすぎている。

「でも、そうだね……栞がどうしてもその世界の栞とお話がしたいなら……交換日記をしてみるといいかもしれない」

「交換日記？」

「そう。タブレットでもいいし、紙のノートを買ってもいい。そこにまず栞が日記を書いて、次のページを開けておくんだ。そうしたら、もしパラレル・シフトが起きたときに他の世界から来た栞がそれを見たら、日記の続きを書いてくれるかもしれない」

なるほど。それはとてもいいアイデアに思えた。

私は、あの時自分の中で聞こえた声に、どうしてもお礼が言いたかった。もしあの声が聞こえていなかったら、私の両親は離婚していたかもしれない。

「うん！　私、交換日記する！」

「そう？　じゃあ、やってみるといいよ」

お母さんが私の頭を撫でてくれる。私は立ち上がって、ご飯を作っているお父さんに駆け寄った。

「お父さーん！　ノート買ってノート！」

「ノート？　いいけど、授業で使うやつ？」

「ちーがーう！　日記書くの！」

「日記？　なんでまたいきなり……」

キッチンでは、フライパンからジュウジュウという音といい匂い。

目の前にはお父さん。後ろにはお母さん。

私は今、幸せだよ。

あなたは？

栞の日記

8月1日

今日から日記を書き始めます。

初めまして。私の名前は今留栞《いまどめ》と言います。

あなたの名前もそうですか？

私は今、幸せです。お父さんとお母さんはとっても仲良しです。

あなたはどうですか？

あのとき、私のタブレットに「ずるい」と書いたのはあなたですか？

あなたのお父さんとお母さんは、仲良しですか？

それと、私のお父さんとお母さんがお別れしそうになっていたとき、だめだと言ってくれたのはあなたですか？

だとしたら、私はあなたにお礼を言いたいです。
あなたは今、幸せですか？
もし違うんだったら、私に何かできることはありませんか？
お返事待ってます。

栞

第二章　少年期

1

日差しの強い昼下がり。

額に流れる汗をハンカチで拭《ぬぐ》いながら、私は公園へと足を踏み入れる。

朝からずっと公園巡りをしている。今日はこれで五ヶ所目だ。夏休みに入ってから二日に一度のペースで公園を見回っているけど、目的の状況にはいまだ遭遇できない。いや、もちろん遭遇できない方がいいということはわかっているのだけど。

当たり前のように猛暑日を超える毎日。そんな中でも一番暑い時間帯だ。気温はもう三五度を超えているだろう。公園で遊ぶような人もほとんどいない。でも、だからこそ、もしいたら。可能性はある。

きょろきょろしながら公園の中を歩いていると、藤棚《ふじだな》の下のベンチに寝転がっている人を見つけた。二〇代くらいの男の人に見える。よくお世話になっている配達屋さんの制服を着ていて、胸には帽子を載せている。藤棚の近くには、町中でよく目にする大きな箱がついた運送会社の自転車が止まっている。この自転車で配達しているんだろう。

この人は、どうしてここで寝ているんだろう？

配達屋さんは大変なお仕事だ。しかもこの炎天下、自転車で町中を走り回っているのであればなおさらだ。

もしかして？　もしかして、そうなのかな？

私は勇気を出して、その配達屋さんに近づき、声をかける。

「あの……すみません」

男の人は反応しない。私の声が小さすぎたのか、ぐっすり眠っているのか、あるいは。

もう一歩近づいて、少し声を大きくしてみる。

「すみません、大丈夫ですか？」

「……え？」

配達屋さんが目を開けて、私の方を向いた。

目と目が合う。ぱちぱちと瞬きする。

「えーっと……？」

不思議そうに首をかしげる配達屋さん。ああ、これは、違うかな？

「あの……今日、暑いから。熱中症とかで倒れてるのかなって、思って」

「ああ……ああ、いやいや！　違います、ちょっと休憩してただけですよ」

「あ、そうだったんですね」

ほっと安心すると同時に、少し恥ずかしくなる。変な子だと思われただろうか……と思ったけど、どうやらその心配はなかったようだ。配達屋さんは身を起こして、優しく笑ってくれる。

「心配してくれたんですね。ありがとうございます」

「あ、いえ……」

子供の私にも敬語で話してくれるなんて、いい人だ。だからそんな風に言われると、ちょっと後ろめたい。心配だったのは本当だけど、ほんの少しだけ、残念だったから。

配達屋さんに曖昧《あいまい》な会釈《えしゃく》をして、公園を去る。ここも駄目だった。次はどこへ行こう。

というか、暑いからもう帰ろうかな……。

○

一四歳、中学二年の夏休み。

私は、困っている人を助けたくて、ほぼ毎日パトロールがてら町中を散歩していた。

これはお父さんの教えによるものだ。見返りを求めないで他人を助けられる人になりなさい。その教えを実践するため、私は日々、困っている人を探して歩いている。

だけど、いざ探してみると困っている人というのはなかなかいないものだ。大きな荷物を持ったおばあさんとかならすぐに見つかるだろうと思っていたのだけど、一週間歩き回ってみても見つからない。もちろん、困っている人がいないというのはいいことだ。それはわかってる。だけど。

思い込んだら周りが見えなくなるところがあります。小学校の通知表にはよくそんなことを書かれていた。仕方ないじゃないか、やりたいことがあるんだから。

もう一ヶ所だけ行こう。それで駄目なら今日はもう帰ってアイスでも食べよう。そう決めて最後の公園へと足を運ぶ。

灼熱の公園にはやっぱり人影はあまりない。だけど、砂場に小さな女の子がいた。五、六歳だろうか。たった一人で、泣きながら砂を掘っている。私は思わず駆け寄っていた。

「こんにちは。どうしたの？」

「……買ってもらった、指輪、なくしちゃったの」

言いながらも、その小さい手は砂を掻き分け続けている。とすると、砂場の中に落としてしまったということだろうか。まさか高い指輪じゃないとは思うけど。

「ここに落としたの？」

「うん……さっきまではあったのに……」

「そっか。私も一緒に探してあげる」

「ほんと？　おねえちゃん、ありがとう！」

私は砂場に座り込んだ。女の子の前の方は掘り返されて砂が黒くなっているが、後ろの方の砂はまだ掘り返された様子はなく、乾いて白くなっている。

「この辺はまだ探してないの？」

「ううん、そっちは最初に探したの。でもなかったの」

「……そう」

女の子の返事を聞いて、私はその辺りを掘り始めた。

「おねえちゃん？　そっちはもう探したよ？」

「うん。でも、もしかしたらね」

私には一つ、考えがあった。この子は探したと言うけど、明らかに掘り返した痕跡がない。単純に勘違いしてるだけかもしれないけど、もしかしたら――。

指先に、かつんと何かが触れる感触。私はそれを慎重に探り、つまみ上げた。

「あっ！」

「ふふっ。ほら、あった」

そこに埋まっていたのは、メッキのリングにガラス玉のはまった、綺麗なおもちゃの指輪だった。

「すごーい！　なんで!?　そっち、ちゃんと探したのに！」

喜びながら、不思議そうに目を丸くする女の子。私も昔、こういうことがよくあった。

おそらくこの子は、一瞬、パラレル・シフトしていたんだろう。

この子がこの場所を掘ったのは、きっと並行世界の出来事だ。この子は数秒間だけ並行世界にシフトして、その世界でこの場所を掘った。だけどその世界のこの子は、この場所には指輪を落としていなかった。そして気づかないうちに元の世界に戻ってきたから、この場所を掘ったと思い込んでいたんだ。お母さんの研究によると、幼い子供の方がこういったパラレル・シフトを経験する頻度は高いらしい。

「はい。見つかってよかったね」

「うん！　おねえちゃんありがとう！」

「ちゃんと手を洗うんだよ？」

「はーい！」

公園の水場で二人で手を洗って、そして私たちは別れた。女の子はいつまでも元気よく手を振っていた。

「……あ」

そうしてやっと思い出す。自分の目的を。

そうだ。私は人助けがしたかった。だけどただ人助けがしたかったんじゃない。その後でもう一つ、やりたいことがあったんだ。

だけどそのためには、相手に名前を聞いてもらう必要があった。

助けた相手に「あの、お名前は？」と聞かれて、「名乗るほどの者ではありません」と返し、去る。そこまでが私の目的だった。それでこそ「見返りを求めない人助け」ということになるだろう。

だけど、まぁ……あんな小さい子なら仕方ないか。

最終目的は達成できなかったけど、女の子の嬉しそうな笑顔を思い出して、私はいい気分で帰路についた。ああ、暑いな。きっと今日は、アイスが美味《おい》しい。

……という私の話を聞き終えたお父さんは、呆れたようにため息をついた。

「あのね栞……別に、困ってる人を探してまで人助けしなくてもいいんだよ……」

「ええ〜」

○

お父さんの反応が不満で、抗議するようにハンバーグを切り分けて口に運ぶ。

私の隣でグラスのワインを傾けているお母さんが少し笑う。

「毎日散歩に出かけるからどうしてかと思えば、そんなことしてたの」

「だって、お父さんが」

「口にものを入れて喋らない」

それはそうだ。叱られたのでおとなしく咀嚼《そしゃく》に集中する。

今日は家族揃って市内のレストランでディナーの日だ。ディナーと言っても別に高級レストランではないけど、私は三人でお出かけできるというだけで十分だった。

「栞のそういうところはお母さんに似たね」

「私に？　そう？」

「そうだよ。君もよく、いきなり変なことをしてた」

「え、お母さんの昔の話？　聞きたい聞きたい！」

お父さんとお母さんは大学生のときに出会って、お付き合いをしてから結婚したそうだ。

お母さんはあんまり学生時代の話をしてくれないので、これは貴重なチャンスなんだけど。

「話さなくてい〜い」

「はは……ごめん、栞」

お母さんに睨《にら》まれて、お父さんは両手を挙げて降参してしまった。お酒を飲んだお母さんは少し怖い。

「もう、情けないなぁお父さん」

口を尖らせてみせる。もちろん本気で言っているわけじゃない。それがわかっているからお父さんも笑う。こうして軽口を言い合える今が、私はとても幸せだった。何か一つ間違っていたら、私の両親は離婚していたかもしれないのだから。

七歳のときの家族のごたごたを乗り越えて以来、家庭は円満だ。

そして私が一〇歳の時、お母さんはドイツの何かすごい学会で自分の研究成果を発表した。並行世界を研究するその『虚質科学』という学問は、それから三年くらいで世界中に認められることとなった。今では中学校でも簡単なことは学ぶし、九州大学などは今年から理学部に虚質科学科を設けるそうだ。

発表からの三年間、お母さんはより忙しくなって、家に帰らない日も増えた。だけどそこはお父さんも私ももう心得ていて、二人でのんびりお母さんの仕事が落ち着くのを待っていた。その甲斐《かい》もあってか、一番忙しい時期を無事に脱したお母さんは今では前よりも家にいる時間が多くなり、こうして家族で外食をすることも増えた。

お食事が終わってデザートを食べながら、お母さんが仕事の話を始める。

「来週から一週間ほど、豊後大野《ぶんごおおの》での仕事になる」

豊後大野というのは大分市内から電車で一時間ほど下った辺りで、一部は宮崎県とも接している、大分県南西部の地域だ。正直、田舎という印象しかない。

「豊後大野？　珍しいね。通うの？」

「いや、毎日電車で往復二時間は私には無理。時間の無駄すぎる。終電も早いし……だから一週間、現地にホテルを取ろうと思うんだけど、いいかな？」

「仕事なら仕方ないよ。栞もいい？」

「うん」

「そっか。じゃあ悪いけど、その間は二人でよろしくね」

私は今度はお母さんに軽口を投げる。

「大丈夫だよ。二人には慣れてるから」

「む」

拗《す》ねたような顔のお母さんに、苦笑するお父さん。

「こら栞、いじわる言うんじゃない」

「はーい。ごめんなさい」

そんなやりとりが嬉しくて、私はまた口にものを入れながら喋ってしまった。

◯

お店を出ると時刻は午後九時。週末だからか、町は少し賑《にぎ》やかだ。道を歩く人たちの声が普段より少し大きく聞こえる。お酒を飲んでいる人も多いのだろう。今日はお父さんもお母さんもお酒を少し飲んだので、車の運転はできない。家まで徒歩三〇分、三人でのんびり歩く。

途中、大きな交差点がある。国道一九七号線と県道五一一号線が交差する、昭和通り交差点。この交差点は四隅に統一されたデザインの広場があり、全国的にも珍しいそうだ。それぞれの広場では時折イベントなども行われていて、市民たちの憩《いこ》いの場となっている。

信号が変わるのを待ち、横断歩道を渡る。四隅の南西側の広場が近づいてくる。

ふと顔を上げると、広場に建っている銅像が目に入る。ここを通るときはいつも目にしている、レオタード姿の女性の銅像。

それを見た瞬間、私の意識は途切れた。

◯

目を覚ましたのは病院だった。

「……ここ、どこ……？」

見知らぬ天井。自分が置かれた状況が理解できずに思わず口に出すと、その視界にお父さんとお母さんの顔が飛び込んできた。

「栞！　気がついた？」

「お父さん……」

「大丈夫？　どこか痛いとこない？」

「お母さん……うん、大丈夫だけど……私、どうしたの？」

「覚えてない？　ご飯を食べた帰り道、交差点で急に倒れたのよ」

「交差点で……」

ぼんやりと思い出す。交差点。横断歩道。人の声、車のライト、レオタードの女。そして、ブレーキ音とクラクション……。

「……私、車に轢《ひ》かれたの？」

「え？　いや違うよ。お医者さんは、熱中症じゃないかって」

「熱中症……」

そうなのかな？　確か、車が……あれ？　そうだっけ？　ブレーキ音とクラクションが……そんな音したっけ……わからない。勘違い？　記憶が混乱してる？

「お父さんがね、栞を抱えて近くの病院まで走ってくれたのよ。さすが、いざというときに頼りになるね」

「そうなんだ……お父さん、ありがとう」

「当たり前だよ。それより栞、なんともないか？　具合は？」

「うん。本当に、大丈夫」

心配するお父さんに笑って見せる。別に無理をしたわけじゃない。本当に、体には何の異常もなかった。

「そうか。じゃあ、お医者さんを呼ぼう」

お父さんがナースコールを押して、私の意識が戻ったことを報告する。よくわからないけど、迷惑をかけてしまったのは申し訳ない。

間もなくやってきたお医者さんに簡単な診察をされて、もう大丈夫だから帰っていいと言われた。涼しくして、水をたくさん飲むように、ということだ。私は本当に熱中症だったんだろうか。確かに、蒸し暑い夜ではあったけど。

○

そこから数日、私は不思議な現象に悩まされることになる。

一時的に、パラレル・シフトの頻度が著《いちじる》しく増えたのだ。

通常、はっきりと認識できるほどのパラレル・シフトはめったに起こるものではなく、ほとんどの人は一度も経験せずに一生を終えるという。シフトしやすい体質の人でも、多くて一ヶ月に一回程度だと考えられているらしい。

なのに私は今、多いときには一日に何度もシフトしてしまう。時には、今までに行ったことがないような遠くの並行世界へ行ってしまうこともあった。

私は、病院じゃなくてお母さんの研究所で詳しい検査を受けることになった。

「栞の肉体と虚質の結びつきが、ほんの少し弱くなっているようだ」

研究所の一室で、お母さんはそんな風に話し出した。

「肉体と虚質の、結びつき……？」

「うん。この世のすべては、目に見える物質と目に見えない虚質でできている。この物質と虚質が結びつくことで世界は成り立ってるんだ。まぁ、ものすごくわかりやすく喩《たと》えると、肉体と魂みたいなものだと思ってもらえばいい。で」

お母さんは右手と左手をぴったりと重ねる。

「普通、物質と虚質っていうのはこんな風にしっかり結びついてる。でも」

続いてお母さんは重ねた両手をずらし、少しずつ離していく。

「こんな風に、物質と虚質がずれてしまうことがある。このとき、並行世界の自分と虚質が入れ替わってしまうのがパラレル・シフトという現象だ」

お母さんが手のひらを私に向けるので、私は自分の手のひらを重ねる。これがパラレル・シフトということなのか。

「本来、虚質というのはしっかり結びついていて、パラレル・シフトはめったに起こらないんだ。だけど検査の結果、栞の虚質はどうも不安定になっているらしいことがわかった。元からなのか、それともあの交差点で電磁波か何かの影響を受けたのか……それはまた詳しく調べてみないとわからないけど」

原因不明のその現象に、お母さんは珍しく冷静ではないようだった。

「本当なら、すぐにでも詳しい調査を始めたいんだけど、豊後大野行きはキャンセルできないのよ……でも、琛を放ってはおけないし……ああもう、なんでこんなときに限って面倒な仕事が入ってるの！」

「お母さん、落ち着いて」

苛立《いらだ》つお母さんを、一緒に来てくれていたお父さんが宥《なだ》める。しゅんとしおれて反省した様子のお母さん。

「その仕事は絶対にキャンセルできないんだね？」

「絶対、ではないと思うけど……よく知らないけどお偉いさんからの依頼らしくて、研究所のスポンサーから私に直接行くよう言われてるの。いったん引き受けてるのもあるし、ここでキャンセルしたら会社としていろいろ問題が起きそうで……」

「なるほどね。じゃあこうしよう」

お母さんの心配を、お父さんはあっさりと解決してくれた。

「だったら、みんなで一緒に行けばいい」

「え？」

「幸い今は夏休み中だ。どうせなら家族三人でバカンスも兼ねて、豊後大野の自然の中で一週間のんびり過ごそう」

つまり、夏休みの小旅行ということだ。それはとても素敵な提案に思えた。もちろんお母さんは仕事があるからのんびりというわけにはいかないだろうけど、私たちが一緒なら苦労も随分減るだろう。

「仕事場から近いホテルなり旅館なりに泊まれば、もし栞に何かあってもすぐに駆けつけられるだろ？　お母さんの出張が終わるまで、そうやって過ごせばいい」

「そりゃあ私は助かるけど……いいの？　時間とか、お金とか」

「お金はお母さんのおかげで余裕があるよ。時間って言うなら、家族で揃って過ごす時間の方が大事だろ？」

「私も賛成！　みんなで行きたい！」

珍しくお母さんが迷ってるみたいだけど、こんなの気を遣うことなんてないのに。家族みんなで、知らないところで一週間もお泊りなんて、すごく楽しそう！

「うーん……二人がそう言ってくれるなら、甘えようかな」

「やったぁ！」

嬉しくて思わず飛び跳ねてしまう。

そんなわけで私たち家族は、夏休みの一週間を豊後大野で過ごすことになった。

そして。

そこで私は、運命の出会いをすることになる。

2

自転車が好きだ。

吹き抜ける風は気持ちいいし、バランスをとるのが面白いし、何よりも簡単に遠いところまで行けて、自分の世界が一気に広がっていくのがいい。

知らない場所、知らない道を走るのなんてもう最高だ。目的のないサイクリングにでも出発しようものなら、平気で一時間でも二時間でも走っている。去年の誕生日なんて、長時間乗っていてもお尻が痛くならないサドルを買ってもらったくらいだ。

私たち家族は昨日、豊後大野市豊野《とよの》重町《えまち》の駅前にあるホテルにチェックインした。田舎なのに、いや田舎だからなのか、そこそこの広さの部屋がそこそこの値段で借りられたみたいだ。

お母さんは早速仕事で、迎えに来た車で朝からどこかへ行ってしまった。お父さんはレンタカーでも借りて一緒に観光しようと誘ってきたけど、せっかくだから私はサイクリングをしたかった。そのためにマイサドルまで持ってきたのだ。だから私はお父さんにレンタサイクル屋さんまで連れていってもらって、電動アシストつきのロードバイクを借りた。滞在期間いっぱいの一週間レンタルだ。これで好きなときにどこにでも行ける。

初日はとりあえず広い国道をメインに走ることにした。五〇二号線を下っていくと穂尾《ほお》付《づき》という町があり、少し入ったところに東洋のナイアガラと称される見事な滝があるらしい。今日の目的地はとりあえずそこにした。距離は約一五キロメートル、のんびり走っても一時間もかからない。知らない土地を走るにはちょうどいい距離だろう。

そんなわけで私は今、滝つぼの岸にたたずみ、幅一二〇メートル高さ二〇メートルの瀑《ばく》布《ふ》の飛沫《しぶき》を頬に浴びているのだった。

正直、水量は思っていたほどではない。だけどとにかく、その滝が存在する風景自体に驚いた。私は、滝というのは山奥にひっそりあるものだと思っていた。だけどこの滝は、田園風景の真ん中に突如として現れるのだ。滝を目にする五秒前まで、本当にこんなところに滝があるのかと疑っていたくらいだ。

その奇観とも言うべき風景を存分に堪能した後は、併設されている道の駅で軽食とソフトクリームを食べる。名産であるかぼすのソフトクリームは、甘さの中にさわやかな香りとほのかな酸味が隠れていて、なかなかに美味しかった。

まだまだ遠くへ行きたかったけど、知らない土地でもあるし、念のために今日はここまでにしておこう。休憩中に充電の終わった自転車に乗って、元来た道を引き返す。五〇二号線は交通量が少ないので、自転車で走るのはとても快適だ。

五分もしないうちに、国道から一本入った場所にある大きな建物が見えてきた。来るときにも横目に見えたとても立派な建物なんだけど、駐車場にはチェーンが張られていて、中に人がいる気配はない。荒れてはいないから廃墟というわけでもなさそうだけど、今日はお休みなんだろうか？　いったい何の建物なんだろう？

どうしても気になって、自転車をそっちへ走らせてみた。適当なところに止めて、入り口の看板へ近づく。看板の文字は剥がされていたが、その跡を読むとなんとか病院と書いてあるようだった。元は病院だったのか。

閉鎖されてからどのくらい経つんだろう。こんなに立派な病院がどうして閉鎖されてしまったんだろう。でも建物自体は綺麗だから、きっと今でも何かに使ってはいるのかな。何に使ってるのかな……そんなことを考えながら、何気なく奥の方へと足を向ける。

すると、裏手にあった倉庫と倉庫の狭い隙間で、小さな女の子がうずくまっているのに気づいた。

人助けのチャンス――なんてことを思う前に、体が勝手に動いていた。

「大丈夫⁉」

今日もそこそこ暑い日だ、熱中症にでもなったのではないだろうか。ああ、ここが今でも病院だったらよかったのに――そんなことを考えながら駆け寄る私に気づき、女の子がはじかれたように顔を上げる。そして、焦った表情で人差し指を立てた。

「しーっ！」

「……え？」

どういうことかわからず狼狽《うろた》えていると、もう一つの足音がパタパタと近づいてくる。

振り返ると、小学校低学年くらいの男の子がいた。

「あっ！　見つけた！」

「あーっ！　もう！」

女の子は口をとがらせて私を見上げる。男の子は「お前も鬼な！　あと三人！」と言い残してまたパタパタと走り去っていった。

「……もしかして、かくれんぼ、してた？」

「そうだよ！　お姉ちゃんのせいで見つかっちゃった！」

これは大失敗だ。素直に反省して頭を下げる。

「ごめんなさい……」

「……許してあげるけど、その代わり、お姉ちゃんも鬼ね！」

「え？」

「あと三人！　お姉ちゃんはあっち探して！」

「えっ、ちょっ、まっ……」

私が返事をするより早く、女の子はもう走っていってしまった。なんということだ、いつの間にか鬼にされてしまった。初対面の相手を強引に遊びに引きずり込むとは、子供というのはすごいものだ……いや、私だってまだ子供だけど。

成り行きで、私は隠れている子供を探し始めた。あと三人と言っていたけど、これだけ広いと一苦労だろう。もしかして建物の中にも侵入しているのだろうか？　だとしたら、一応年上として注意するべきだろうか……。

そんなことを考えながら敷地内をうろうろしていると。

「……あ」

裏手の駐車場の脇にある、低い植え込みの陰に、人が倒れていた。

子供じゃない。男の人だ。うつ伏せているから顔は見えないけど、少なくとも小学生じゃない。

どうしよう？　この人はどうしてここに倒れているんだろう？　今度こそ熱中症か何かだろうか？　いや、もしかしたらものすごく背の高い小学生が、やっぱりかくれんぼをしているだけ？

いずれにせよ無視することはできず、意を決して私は声をかけてみる。

「あの……」

「……見つかっちゃったか」

私の声に男の人は身を起こし、こちらに顔を向ける。やっぱり小学生には見えない。若くても高校生か大学生、少なくとも私よりは年上だろう。だけど、見つかったという発言から察するに、この人はやはりかくれんぼをしていたらしい。

男の人は私の顔を見て驚いたような顔をしている。見つかるのは想定内、だけど相手が想定外。そんなところか。そこから導き出される結論は。

「「保護者さんですか？」」

私と男の人の声が重なった。かくれんぼをしている子たちの保護者なのかと思ったけど違うようだ。しかもどうやら、この人も私を見て同じことを考えたらしい。じゃあ、この人は一体誰なんだろう？

「……あれ？」

男の人の顔をじっと見ていて、ふと、記憶が刺激された。

私は、この人をどこかで、見たことがある……？

目と目が合う。ぱちぱちと瞬きする。

「えーっと……？」

不思議そうに首をかしげる男の人。

その仕草を見て、私は急に思い出した。

「……配達屋さん？」

それは数日前に私が声をかけた、公園で寝ていた配達屋さんだった。

○

「お兄ちゃん、お姉ちゃん、ばいばーい！」

元気に手を振って去っていく子供たちに、私たちも手を振り返す。

「気をつけて帰ってねー」

「もうここでかくれんぼをしちゃいけませんよー」

かくれんぼを終えた子供たちを見送ってから、私たちは近くにあった四阿《あずまや》のベンチに並んで腰を下ろした。

「助けられたのは二度目ですね。ありがとうございます」

配達屋さんが穏やかに微笑んで頭を下げる。助けたと言っても、二回とも私の勘違いだったのだから、お礼を言われると困ってしまう。

「いえ、そんな……あの、こんなところまで配達するんですか？」

話題を変えようとどうでもいいことを聞いてみると、配達屋さんはまた微笑んで。

「ああ、僕、配達屋さんじゃないんですよ。あれはお中元の時期だけのアルバイトで、本業は大学生です」

やっぱり大学生だったんだ。予想はしていたけど、こうしてはっきりすると、なぜだか途端に大人の人に見えてきてどきどきしてしまう。

「えっと、じゃあ、お兄さんは……」

「内海《うつみ》です。内海進矢」

「あ、私は、今留栞です。内海さんはここで何をしてたんですか？」

「大学の研究の一環で、ここの病院を調べに来たんです。そうしたら子供たちにつかまってしまって、いつの間にかかくれんぼをするはめに」

どうやら私と似たような境遇のようだ。思わず小さく笑ってしまう。

「今留さんは何をしてたんですか？」

「私は……」

返事をしようとして、ふと気づく。

「あの……私、中学生なんですけど」

「そうですか。お若いですね」

「……どうして敬語なんですか？」

敬語なんて使われたことがないから調子が狂ってしまう。もしかして、私を同い年くらいだと思っていたのだろうか。

「あぁ、いえ、癖なんですよ。こうして話すのが楽なんです。今留さんさえよければ、このまま敬語で話しても構いませんか？」

「はぁ。別にいいですけど」

世の中にはいろんな人がいるものだ。

「それで、今留さんは？」

私は自分の事情をざっとかいつまんで話す。親の仕事で一週間豊野重町に滞在すること。

自転車が好きなこと。滝を見た帰りであること。建物が気になって近づいたこと。かくれんぼに巻き込まれたこと……内海さんが心地の好い相槌《あいづち》を打ちながら聞いてくれるから、ついつい饒舌《じょうぜつ》になってしまった。人と話すことはあまり得意ではないのだけど、両親以外でこんなに話しやすい人は初めてだった。

「じゃあ、僕らは二人とも巻き込まれたわけですね」

「かくれんぼなんて久しぶりにしました」

「僕もです。やってみると楽しいものですね」

「私は鬼しかやってないから、隠れる方もやりたかったかもです」

「そう、ですか」

内海さんが、一瞬だけ言いよどむ。どうしたんだろう？

「もしかしたら、ここではもうしない方がいいかもしれませんね」

思っていることがわかりづらい表情でそんなことを言う。そういえば、思い出した。子供たちと別れるとき、内海さんはみんなに「ここでかくれんぼをしちゃいけませんよ」と言っていた。勝手に入っちゃだめだよ、くらいの意味だと思っていたけど、もしかしてそうではないのだろうか？

「どうしてですか？」

「そうですね、何から話したものか……」

何か複雑な事情でもあるのだろうか。内海さんは目を伏せてしばらく考え込み、やがて一つずつ確認するように、ゆっくりと話し始める。

「僕は大学で、民俗史に見られる超常現象……わかりやすく言うと、伝奇やオカルトの研究をしてるんですけど」

なんだか予想外だった。大学ってそんなこともやるんだ。

「この辺りでは、大人たちがかくれんぼを禁止してるんですよ。隠れ鬼にとり憑《つ》かれて、鬼隠しに遭ってしまうからって」

「鬼隠し？」

「要するに、神隠しのことです。人が急にいなくなること。それをこの辺りでは、鬼隠しと呼びます」

吹き抜ける風に、さっと体が冷える感覚。鬼にとり憑かれるとか、神隠しとか。この人は私を脅《おど》かそうとしているのだろうか？　そう思って横顔を見てみると、どうもそんな様子でもない。

「この病院が閉鎖されたのは、ここで鬼隠しが起きたからだ、という噂があります。僕はその真相を確かめるためにここに来てみたんです。でも勝手に入ることもできないし、とりあえず周りを一周してみようと思ったら、かくれんぼをしてる子供たちにつかまって」

それで私に見つかった、というわけだ。

「それで、ここではかくれんぼをしない方がいいんですね」

「そうですね。そう簡単に鬼隠しに遭うとは思えませんけど、わざわざ危険を冒すこともないでしょう」

真剣な顔で言う内海さんに、私はある意味当然の疑問をぶつける。

「内海さんは、鬼隠しを信じてるんですか？」

私も、そういうことには少し興味がある。幽霊とか、超能力とか、ＵＦＯとか、ＵＭＡ《ユーマ》とか。神隠しというのもその中の一つだ。だけどそういうのは大抵、お話として楽しむもので、大人が真剣に研究するようなものなんだろうか。

「信じるとか信じないとかではないんですが……今留さんは信じられませんか？」

「だって、そんなの科学的に……」

「科学ですか。ふむ……そうですね」

内海さんは、小さく笑って答える。

「今留さん、キリンをご存じですか？」

「キリン？　あの、首が長いやつですか？」

「そうそう。知ってますね」

満足げに頷く内海さん。馬鹿にされているのだろうか。

「では、キリンに関する知識をすべて一旦忘れてください」

「ええ？　いきなりそんなこと言われても……無理ですよ」

「ふりでいいです。今だけ今留さんは、キリンのことを知らない。見たことも聞いたこともない。そういうつもりになってください」

「はぁ。つもりだったら、まぁ……」

何をしたいのかはわからないけど、とりあえず言われた通りにしてみる。私はキリンを知らない。見たことも聞いたこともない。知らない知らない……。

「さて今留さん。あなたはキリンという生き物を知ってますか？」

「いえ。知りません」

「素直でよろしい」

にっこりと笑う内海さん。なんだか頬が熱くなってくる。

「実は、この世のどこかにはキリンという生き物がいるんです。体長は約五メートル、しかもそのうち二メートルは首の長さです。黄色に黒の網目状の模様をしていて、時速六〇キロメートルで走ります」

……よく知っているはずのキリンの姿。だけど、キリンを知らないというつもりで聞いてみると、どうしてだろう、なんだか急にめちゃくちゃな生き物に思えてきた。

「今留さん、そんな生き物がいると言われたら、すぐに信じられますか？」

「……私が本当にキリンを知らなかったら、とても信じられないと思います」

「ですよね」

我が意を得たり、とばかりに頷く内海さん。

「他にも、ゴリラやオカピ、カモノハシなどは、かつてはドラゴンなどと同じで想像上の生き物だと思われ、UMAと呼ばれていました。その理由はただ一つで、確認されていなかった……つまり、単純に見つかっていなかったからです」

UMAというのは確か、日本語で言うと未確認生物のことだ。オカルトだとしか思っていなかったけど、ただちゃんと見つかっていないだけの動物だと考えると、本当にいたとしても何もおかしくはないのか。事実、ゴリラなんかはそうやって見つかったんだ。

「オカルトにも似たようなことが言えます。地動説、相対性理論、量子論……いずれも出てきた当初は荒唐無稽《こうとうむけい》なオカルトのように否定する意見もありましたが、現在では常識レベルの真実になっていますよね」

頷く私。詳しいわけじゃないけれど、どれもお母さんから聞いたことがある。それらの発見が、どれだけ世界の真実に近づくことに貢献したか。

「どんなに超常的な現象でも、そこに原因と結果があることだけは間違いないんです。僕はそれを明らかにしたい。オカルトを研究してるって言うと勘違いされることが多いんですけど、僕は科学としてオカルトを研究してます」

そう言う内海さんの表情は、とても知的で大人っぽくて、なのにどこか子供のようにきらきらとしてて……見ているとなんだか、胸がどきどきしてきた。

内海さんの追い求めるものが、完全に理解できたとは思わない。だけど一つだけ、もしかしたらこういうことなのかな、と思うことがある。

すると、私が今まさに思っていたそのことが、内海さんの口から語られた。

「そうやって研究していけば、荒唐無稽だと思われていたことが明らかになることもあります。今留さん、虚質科学って知ってますか？」

知っている、なんてものじゃない。動揺を押し隠し、かろうじてこくんと頷く。

「虚質科学は、かつてはSFの世界の出来事でしかなかった並行世界なんてものまで明らかにしました。僕はそういうことがしたいんです」

そうか。どうして内海さんがこんなに話しやすいのか、わかった。

内海さんは、私のお母さんに似てるんだ。

「……ごめんなさい。難しすぎましたね」

何も言えずにただ口を開けるだけの私を見て勘違いしたのか、内海さんは困ったように笑って立ち上がった。

「話しすぎました。帰りましょう」

「え……そ、そんなことないです！　私、内海さんのお話、もっと聞きたいです！」

私はとっさにそんなことを言っていた。どうしてだろう、ここで別れてそれっきり、なんてことになるのは嫌だった。

「でも、豊野重町まで自転車で帰るんでしょう？　帰りは上りになるから、来た時より時間がかかりますよ。これからの時間帯は車も増えますし、そろそろ帰った方がいいですよ」

「でも……あの、内海さんはいつ大分に帰るんですか？」

「予定では明後日ですね」

「じゃあ、また明日、ここで会えませんか!?」

とっさに、そう叫んでいた。

自分で自分にびっくりする。お父さんとお母さん以外にはこんなわがまま言ったことないのに、ほぼ初対面の内海さんにこんなことを言うなんて。だけどどうしても、もっと内海さんとお話ししたい、もっと一緒にいたいと思った。

「……そりゃあ、僕は構いませんけど。でも、また自転車でここまで来るんですか？」

「大丈夫です！　私、本当に自転車が好きで。ここまでなんて物足りないくらいなんです。明日は竹田の方まで行こうと思ってたくらいで。だからすぐに来れちゃいます」

「そうなんですか？」

「そうなんです！」

私は一体、何をこんなに必死になってるんだろう。内海さんだって戸惑っている。間違えたかな。変な子だと思われていたらどうしよう。もう二度と会わないように気をつけようとか思われているんじゃないだろうか。だったらイヤだな。

……そんな私の不安を拭い去るように、内海さんは優しく微笑んでくれた。

「じゃあ……また明日、この場所で会いましょう」

「はい！」

約束っていいいな。そう思った。

○

「まったく……こんなことなら来るんじゃなかったわ」

グラスのワインを一気にあおって、お母さんはタッチパネルでお代わりを注文する。機嫌の悪いとき、お母さんはいつもこういう飲み方をする。こういうのを大人の言葉で「ヤケ酒」と言うことを私は知っている。

「地方財閥だか知らないけど、時代錯誤にもほどがある。金と権力でなんでも自由にできると思ってんのよ。冗談じゃない。科学はお前らの道具じゃないぞ」

ここまで仕事の愚痴をまくしたてるのはとても珍しいことだ。よほど今回の仕事で気に食わないことがあったのだろう。

まだ酔っぱらう前のお母さんの話をまとめると、今回の仕事はこの辺りの地方の偉い人が強引に決めたことで、その偉い人の家に連れていかれたお母さんは、その偉い人が言う通りの何か気に入らない仕事をさせられることになったらしい。お母さんは文句を言おうとしたんだけど、その場には政治家の人とか研究所のスポンサーの人とかもいて、同僚にも説得されてしぶしぶ引き下がったのだとか。

今のお母さんは、その金と権力の圧力を跳ねのけられなかった自分の不甲斐なさを呪い、こうしてヤケ酒というやつをしているのだ。

機嫌の悪いお母さんとは裏腹に、向かいに座ったお父さんはビールを飲みながら少し嬉しそうだ。

「まぁ、君の研究所も会社であることに違いはないからね。社会人としてどうしようもないことってのはあるよ」

「……えらく上機嫌じゃない」

「そんなことないよ？　めったに見られない君のへこんだ様子を見られて楽しいなんて思ってないよ？」

「ふん。なんてひどい夫だろね。栞ぃ、栞はこんな男にひっかかっちゃだめだぞぅ」

「なんてことを。僕ほどできた夫がいるもんか。栞も僕みたいな男を見つけるんだよ」

私は曖昧に笑うしかない。お父さんとお母さんが一緒にお酒を飲むとたまにこういうことになってしまう。もちろん二人とも本気で言っているわけではなく、軽口の応酬だということはわかっている。わかってはいるけど、こんなとき私はどうしていればいいのか、いまだに曖昧に笑う以上の答えは見いだせていない。

とりあえず、内海さんのことは黙っておくことにした。私は今まで男友達というものができたことがない。いきなり大学生の男友達ができたなんて言ったら、お父さんもお母さんもびっくりしてしまうだろう。

私がそんな気を遣っていることなんて知る由《よし》もなく、お父さんはおつまみを口に運びながら、お母さんに問いかける。

「しかし、どんな仕事を言いつけられたの？」

「まぁだから……簡単に言えば、神隠しに遭った子供を見つけろ、だって」

危うく、口に含んだジュースを吹き出すところだった。

「神隠し？」

「そう。お偉いさんの子供だか親戚だかが、三年くらい前に行方不明になったらしい。それを私に見つけろって言うの」

「どういうこと？　そんなの警察の仕事じゃないか」

「私もそう言ったよ。でも警察はもうお手上げで諦めムードなんだって。三年間手を尽くして手掛かりすら得られなかった。そこで白羽《しらは》の矢が立ったのがうちだ」

「どうしてまた」

「あいつらが言うには、これはただの行方不明事件じゃなくて、鬼隠しとか言う超常現象なんじゃないかって。その現象に虚質が関わってるんじゃないかって」

また知ってる言葉が出てきた。鬼隠し。これはひょっとして、内海さんが調べている事件なのでは？　と思って注意深く耳を傾ける。

「子供がいなくなったことは気の毒だし、できることがあるならしてやりたいよ。だけどあいつらは虚質科学を魔法か何かと勘違いしてるんだ。現状では私より、霊能者か超能力者でも呼ぶべきなんだよ」

そんなことを言うお母さんに私はだんだん不安になってきて、昼間内海さんに聞いたのとは真逆の質問をする。

「お母さんは……鬼隠しを、信じてないの？」

唐突な私の質問に、お母さんはワインのグラスを置いて、束の間真剣な顔をする。

「栞、これは信じるとか信じないとか、そういうことじゃないんだ」

お仕事モードの口調になったお母さんは、内海さんと同じことを言った。

「鬼隠しという現象があるとして、今の虚質科学は、その現象を解き明かすための適切なツールではない。なんらかの原因があり、子供がいなくなるという結果が起きた。子供がいなくなるというのは物質界における現象だ。しかし虚質科学というのは虚質界における現象を研究する学問だ。物質が消えるという現象の解明には適さない」

「魚がほしくて八百屋《やおや》に行くようなものだね」

お父さんのわかりやすいたとえに、お母さんは小さく頷いて続ける。

「だから消えた子供のためにも、解決に向けてもっと適切な手段を選ぶべきなんだよ。それは霊視かもしれないし、サイコメトリーかもしれない。でも、少なくとも今の虚質科学の成果の中に、それに類する手段はないんだ。残念ながらね」

そしてお母さんは再びワインをあおる。その顔は、どこか悔しそうだ。

そうか。

もしかして、お母さんが不機嫌そうな本当の理由は、消えてしまった子供に対して何もしてやれない自分が、不甲斐ないからなんじゃないだろうか。

私も同じだ。困っている人を助けたいなんて言って、目の前で本当に困っているお母さんには何もしてあげられない。それがとても悔しくて、情けない。

お酒を飲み過ぎてついにはテーブルに突っ伏してしまったお母さんの頭を、お父さんがよしよしと撫でている。

みんなのために、そしてもちろんその子自身のために。

いなくなった子供が早く見つかるといいなと、心から思った。

3

翌日、昼。

「昔、穂尾付町を中心としたこの地方には『八百万《やおよろず》の鬼』という考え方がありました」

昨日と同じ場所で、私は内海さんの民俗史講義を聞いていた。

幸いにして今日は曇り空で、風もあって昨日よりずいぶんと涼しい。またここでという約束の唯一の懸念だった茹《う》だるような暑さがないのは助かった。

「もともと、日本神道には『八百万の神』と言って、この世のあらゆるものには神様が宿っているという考え方があります。この地方の人々は、それを神ではなく鬼と呼んだわけですね。この鬼というのは、頭に角が生えていて、虎縞パンツに棍棒を持って……というような、生き物としてのいわゆる『鬼』ではありません。なんというか、概念なんです」

「概念？」

「そうです。なんらかの『それ』が、より『それ』で在ろうとする性質のこと。転じて、より『それ』らしい『それ』のことを指しても言います」

早口言葉？　思わず眉間《みけん》にしわが寄ってしまう。

「はい先生。よくわかりません」

「はい、そうですね。具体例を挙げましょう。自然現象で言うと、例えば風が強くなることを『風鬼が憑く』と言い、そうして吹いた強い風のことを『鬼風』と呼びます。物質で言うと、硬い岩のことを『鬼岩』と呼び、その岩が硬いことを『岩鬼が憑いている』と言います。わかりますか？」

「はい」

「では問題です。流れの強い川のことをなんと呼びますか？」

「えぇと……鬼川、ですか？」

「はい、正解です。きちんと理解できていますね。他にも、続く日照りには日照り鬼が憑き、ひどい病気は鬼病《やまい》と呼ばれたりします」

なるほど。理解できてしまえば簡単な法則だ。

「この鬼は人の感情にも憑くとされ、度を過ぎて発狂的に感情を爆発させた人は、怒り鬼が憑いた、泣き鬼が憑いた、と言われ、特に『鬼火憑き』と呼ばれたそうです」

「鬼火憑き……」

「また、人がそうあろうと目指している姿勢にも鬼は憑きます。例えば、妊婦には産み鬼が憑き、胎児には産まれ鬼が憑く。努力家には努力鬼。怠《なま》け者には怠け鬼。清く正しく在《あ》ろうという心に善し鬼が憑き、闇に囚われた悪しき心に悪し鬼が憑く。このように、この地方の人々はありとあらゆる出来事に鬼を結び付けて考えました」

こくこくと頷く。さしずめ今の私には『わかり鬼』が憑いている、といったところかだとすると、ここからの話も自《おの》ずと見えてくる。

「では、問題です。『鬼隠し』とはなんでしょう？」

今までの講義の内容に鑑《かんが》みれば、答えは簡単だ。私は自信をもって口を開く。

「かくれんぼをしている子供に『隠れ鬼』が憑いてしまった状態です」

「正解です。隠れ鬼が憑いた子供は、より隠れた状態になるので見つからなくなる……それがこの地方で言う『鬼隠し』という現象なんですね」

内海さんの講義はとてもわかりやすかった。声も柔らかくて優しくて、どうでもいい話をずっとしていたくなる。だけど、本題はここからだ。

「さて、問題はここからです。では実際、鬼隠しに遭った子供には物理的に何が起きたのか？　それを解明するのが僕の目的です」

「そんなことがわかるんですか？」

率直に聞くと、内海さんは困ったように首を傾《かし》げる。

「どうでしょう……正直、現時点ではさっぱり手がかりが摑めてないです。ただ、日常生活の中でも盲点や光の屈折率、蒸発現象などでそこにあるはずのものが見えなくなる現象はいくつかあります。そういったものが作用して、一時的に見えなくなった間にいなくなったり、持続的に見えなくなる現象があるのかもしれません」

ガラスのコップにコインを入れて、そこに水を注ぐとコインが見えなくなる、という手品をお父さんがしてくれたことを思い出す。ああいった現象の大規模なものが起きているのではないか、ということだろう。それが正しいかどうか、私にはわからないけど。

「あるいは、メタマテリアル、なんて物もあります。これは負の屈折率を持つ物質で、通常とは違う方向に光を曲げることができます。まぁ、自然界にはないと言われている物質なので、こんなところにあるとも思えませんが……」

「内海さんは、そういったことを調べるためにここに来たんですよね？　どうやって調べるつもりだったんですか？」

「とりあえず、鬼隠しが起きた現場を見て、その現場に何か特殊な物質とか構造とかがないかなと思ったんですけど……中に入れないんですよね……」

建物の方に顔を向けて、内海さんは残念そうな顔をする。廃病院の扉は今日も冷たく閉ざされている。

「この病院の中で、鬼隠しがあったんですか？」

「だと、言われてますね。どうにかして中を見たいんですけど、不法侵入するわけにもいきませんし」

こういうとき、こっそり入ってしまう人もいるのだろうけど、内海さんはそういうことはしないらしい。それとも私がいるからできないだけ？　だとしたら、私が内海さんの邪魔をしていることになってしまう。それは嫌だ。でも……。

　私は、昨日のお母さんの話を思い出していた。お母さんは間違いなく、内海さんと同じように鬼隠し事件のことを調べに来ているはずだ。それも、この地方の偉い人から直接依頼を受けて。

　それならお母さんは、ちゃんとした手段でこの病院の中に入れるんじゃないだろうか？　だったら、私がお願いすれば、一緒に入れてもらえたりしないだろうか……？

「あの……」

　私が内海さんに声をかけようとしたその時、病院の駐車場の方に一台の車が近づいてきた。白くて大きなその車を、私はつい最近見たことがある。

「ここの人ですかね」

　内海さんも車の方を見て言う。だけど違う。多分あれは、ここの人ではない。

　車は病院の正面玄関に止まり、運転席と助手席、後部座席からそれぞれ一人ずつ人が降りてくる。そのうちの一人は、私が想像した通りの人物だった。

「内海さん、ちょっと待っててくださいね」

「え？」

　私は内海さんにそう言い残し、車の方に駆け寄る。後部座席から何やらいろいろと機材を下ろしている人が私に気づいて顔を上げる。私はその人に手を振った。

「お母さん！」

手を止めたお母さんが、こっちを見て目を丸くする。

「栞……？　なんでこんなとこにいるの」

そこに止まっている車は、お母さんをホテルから送り迎えしている車だった。一緒に乗っていた二人も見たことがある。確かお母さんの研究所の人だ。例のお仕事でここに来たんだろう。

「自転車で遊びに来てたの」

「は〜、若いわねぇ」

「ねぇお母さん、今からここに入るんでしょ？」

「そうだけど」

「私たちも一緒に入っちゃだめ？」

「私……たち？」

首を傾げるお母さん。私は後ろを振り返って、四阿に向かって声を張り上げる。

「内海さーん！」

私が手招きすると、内海さんは戸惑った様子でこっちへ歩いてきた。

「お母さん、紹介するね。こっちで知り合った内海進矢さん。鬼隠しの事件を調べてるんだって。ねぇ、私たちも中に入れてよ」

「鬼隠しを……？」

お母さんは警戒心をにじませた顔で、値踏みするように内海さんを見る。しまった、あんまり深く考えていなかったけど、こんな風にいきなり紹介したら怪しく思われても仕方がないかもしれない。こんなことなら昨日ちゃんと話しておくんだった。

私が心配していると、内海さんは物怖《ものお》じした様子もなくお母さんの前に立って、スマートフォンの画面を見せながら自己紹介を始めた。

「初めまして。大分大学教育学部二年の、内海進矢と申します。栞さんとは昨日たまたまここでお会いして、子供たちと一緒に遊ばせてもらいました」

どうやら見せたのは学生証のようだ。お母さんに怪しまれていることを察して自分から身分を明かしたのだろう。子供と遊んだことを言ったのも、やましいことはしていないという主張なのかもしれない。なんだか少し申し訳なくなる。もうちょっとうまいことやればよかった。

「ああ、それは……娘が世話になったね」

内海さんの丁寧な態度に、お母さんの物腰も少し柔らかくなる。なのに内海さんは、なぜか緊張したように表情をこわばらせて続ける。

「あの、失礼ですが……もしかして、佐藤紘子《さとういとこ》博士ですか？」

いきなり内海さんがお母さんの名前を正しく呼んだことに、私は驚いた。私の名字の今留はお父さんの名字だけど、お母さんの名字は佐藤だ。お母さんは結婚前からその名前で論文などを発表していたから、結婚しても名字を変えたくなかったそうだ。でも、どうして内海さんがお母さんの名前を知ってるんだろう？

「うん、私は佐藤紘子だよ」

「やっぱり！　論文、いくつか拝読しました。お目にかかれて光栄です。並行世界の実証は、世界が変わった瞬間だと思います。尊敬してます。もしよければ、握手してもらっても構いませんか？」

「大袈裟だな。でもありがとう」

苦笑しながら手を差し出すお母さん。内海さんは嬉しそうにその手を握り返す。まるで芸能人に会ったファンみたいだ。私は今更ながら、お母さんが世界でも有名な科学者なんだということを初めて実感していた。

でも……お母さん、ちょっとずるい。内海さんと握手なんてしちゃって。

なんだかもやもやする私を置いて、二人は会話を続ける。

「ところで、鬼隠しを調べてるそうだけど？」

「ああ、はい。民俗史に見られる超常現象が僕の研究テーマでして、特にこの地方のことを調べてるんです。だから、実際に鬼隠しが起きたという現場をぜひ見たいと思ってここまで来たんですが……まさか、彼女が佐藤博士の娘さんだとは思いもしませんでした」

「私に取り入るために声をかけたわけではない、と」

それはとんでもない誤解だ。内海さんはそんな人じゃない。私は慌てて擁護する。

「違うよお母さん！　私がここに来たのはまったくの偶然だし、そもそも私から声をかけたんだから！」

「へぇ。栞からねぇ」

お母さんは意外そうな顔で私を見る。私が積極的に異性にかかわろうとしているのが珍しいのだろう。何か変な勘違いをされていそうで頬が熱くなる。そんなつもりじゃない。そんなつもりじゃないぞ。

「しかし、どうしたものか。ここは一応、この地方のお偉いさんが管理してる建物でね。私たちは直接の依頼を受けて入ることを許可されてるんだ。だから、本当なら関係ない者を入れるわけにはいかないんだけど……」

顎に手を当てて、お母さんは少しだけ考える様子を見せる。

「……ま、いいか。来なさい」

「所長!?　それはまずいですよ！」

同僚さんが慌てた様子でたしなめる。やっぱり偉い人に怒られてしまうだろうか。だけどお母さんは平然と片手を振りながら答えた。

「構うものか。そもそも無茶を言ってるのはあっちなんだ、この程度の融通くらい利かせてもらうさ。それに案外、私より役に立つかもしれないぞ？」

本気なのか冗談なのかわからない表情で、お母さんは内海さんにちらりと視線を向ける。内海さんは、困ったように恐縮していた。

○

機材を下ろしてしばらく待っていると、正面玄関が開いて中から人が出てきた。

まさか中に人がいるとは思わなかった。ここに住んでいるわけではないだろうから、今日のために朝から来ていたのだろうか。

その人は、真っ黒な長い髪を後頭部で一つにまとめたシニヨンヘアで、和服に前掛けを締めて袖をたすき掛けにした、なんと言うか……老舗《しにせ》旅館で掃除中の仲居さんのような恰好をしていた。そのせいだろうか、いまいち年齢が摑みづらい。二〇代前半と言われればそうも見えるし、三〇代後半と言われても不思議ではないような気もする。さすがに一〇代ということはないと思うけど。ただいずれにせよ、かなりの美人さんであることは間違いなかった。

「お待ちしておりました。清掃中でしたので、このような格好で失礼いたします」

どうやら本当に掃除中だったらしい。折り目正しいその言動に、お母さんは気さくに手を振って答える。

「お気になさらず。虚質科学研究所所長、佐藤絃子です。お力になれるかどうかわかりませんが、今日はよろしく」

「ご足労に感謝します。管理を任されております、鬼灯蓮《ほおずきれん》と申します」

深々と頭を下げる鬼灯さん。鬼灯というと、この町の名前が穂尾付町だけど、何か関係があるのだろうか。

お母さんに続いて同僚の二人が自己紹介を済ませると、当然ながら鬼灯さんの視線は私たちの方に向く。お母さんはどう説明するつもりだろう？

「この青年は、私の個人的な助手です。こっちは私の娘。二人とも、自己紹介を」

「あ……は、はい。大分大学教育学部二年、内海進矢と申します」

「あ、えっと……佐藤栞です」

今留の名字を使うとどうしてお母さんと違うのか説明が必要な気がしたので、とっさにお母さんの名字を使った。佐藤栞。意外となじむ気がする。

お母さんは私の肩をぽんぽんと叩きながら、鬼灯さんに伺いを立てる。

「後学のために見学させたいんですが、構いませんか？」

「そうですか。大丈夫ですよ」

鬼灯さんは意外なほど優しい微笑で小さく頷いてくれた。なんだ、意外とあっさりいくんだな。少し拍子抜けしてしまった。

「では、さっそく」

「はい、こちらへ。あぁ、お手伝いしましょう」

機材を載せた台車が三台分。そのうちの一台に鬼灯さんが手を伸ばそうとしたのを、お母さんが止める。

「いえ、大丈夫です。内海くん、頼む」

「あ、はい」

お母さんは当たり前のように内海さんに指示を出した。助手というのは方便だと思っていたけど、どうやら本当に助手扱いをするつもりらしい。もしかしたら、若い男手が確保できたくらいに思っているのかもしれない。むぅ。

「高い機材だから、ぶつけたりしないように」

「わかりました」

指示に従順な内海さん。それだけお母さんのことを尊敬しているということだろう。娘として、それは誇らしく思う。だけど、なんだかさっきからずっと、胸がもやもやしたままなのはどうしてだろう。

鬼灯さんの誘導で、私たちは病院の中庭に位置する場所へとやって来た。そこには観葉植物やベンチが並んでいて、ここが病院だった頃はきっと患者さんたちが自由に出入りする憩いの場だったであろうことを思わせる。だけど今は、後から取り付けられたらしい伸縮式のフェンスに囲まれて、厳重に立ち入りを禁止されていた。

鬼灯さんがパネルを操作すると、フェンスのロックが解除された。そうして取っ手を引くとフェンスがスライドして開き、そこから中庭へ機材を運び入れる。

中庭の奥の隅には真っ赤に色づいたほおずきが群生していて、その赤に囲まれて、私の身長と同じくらいの大きさの祠《ほこら》があった。

「ここが、鬼隠しが起きた場所です」

鬼灯さんが祠を示して言う。祠には観音《かんのん》開きの扉がついていて、小学生の子供なら十分に入れそうだ。この祠でかくれんぼをしていて、消えてしまったのだろうか。

お母さんが祠に近寄ろうとすると、鬼灯さんが手で制する。

「なるべく近づかないように、お願いいたします」

「……この祠を開けてもらうことは？」

「申し訳ありません。開けてはいけないと言いつかっております」

「やれやれ、この祠を調べてくれと言われたんですけどね……開けるのも駄目、近づくのも駄目、か。案外、今もその中にいるんじゃないですか？」

お母さんのその言葉に、つい想像してしまう。鬼隠しが起きたのは三年前。三年前にここでいなくなった子供が、それからずっと、この祠の中にいるのだとしたら……なんだか寒気がしてきて、私は思わず身震いした。

鬼灯さんも無理なお願いをしていることは承知のようで、心苦しそうな顔を見せながらも、そこは譲らない。

「祠に近づくことは、大変危険だと言われています。隠れ鬼に憑かれてしまうかもしれないと」

「隠れ鬼、ねぇ。だけどそれは、隠れようとする意思に憑くんでしょう？　隠れようと思っていなければ大丈夫なんじゃないんですか？」

「確かに、そのように言われております。ですが、私たちは鬼のすべてを知っているわけではありませんので……」

「ふむ。まぁ、それはそうですね……」

お母さんと鬼灯さんのやりとりを、私は意外な思いで聞いている。お母さんは、鬼の話を否定するわけじゃないんだ。それが正しい科学の姿勢というものなのかもしれない。

「とりあえず、測ってみますか。準備を」

「はい」

お母さんの指示で、同僚さんたちが動き始めた。機材を開封し、祠の周りにあれこれと設置していく。こうなってくると私たちはもう邪魔でしかない。内海さんと一緒に少し離れてその光景を見守ることにする。

「……どうですか、内海さん」

「そうですね……この場所自体には、特におかしな点はなさそうなんですが……」

「やっぱり、あの祠ですか？」

「はい。できればあの祠を開けて、中を見てみたいです。でも、さすがにそれは無理そうですね」

「そうですね……」

お願いしたところでどうなることでもないだろう。鬼灯さんの様子を見るに、それだけは絶対に許してくれないと思えた。私ももう、これ以上内海さんの役には立てないんだろうか。いなくなった子供のためにも、何もしてやれないんだろうか……。

「はい。できればあの祠を開けて、中を見てみたいです。でも、さすがにそれは無理そうですね」

「え？」

隣で聞こえた内海さんの言葉に、私は少し混乱した。

今、内海さん、さっきとまったく同じことを言わなかった？

「はい。できればあの祠を開けて、中を見てみたいです。でも、さすがにそれは無理そうですね」

まただ。リモコンでドラマを五秒戻したときのように、内海さんが同じ言葉を繰り返している。

「内海さん……？」

「そうですね……この場所自体には、特におかしな点はなさそうなんですが……」

「内海さん？　どうしたんですか!?」

「え？　何がですか……？」

「何がって……」

「そうですね……この場所自体には、特におかしな点はなさそうなんですが……」

「内海さん……」

「はい。できればあの祠を開けて、中を見てみたいです。でも、さすがにそれは無理そうですね」

よく見ると、それは言葉だけではない。内海さんの顔の角度、手の位置、瞬きのタイミング……いろんな瞬間が、連続していない。まるで、たくさんの内海さんがそこにいて、そのうちの誰か一人がランダムで表示されているみたいに。

「お……お母さん……お母さん！」

たまらなくなって、お母さんの名前を呼ぶ。機材とにらめっこしていたお母さんが、私の声に気づいてこっちを見てくれる。

「栞？　どうかした？」

「お母さん……怖い……ここ、何か変……！」

そう言っている間にも、内海さんの姿はぶれ続けている。

「今留さん⁉　大丈夫ですか⁉」

そう言ってくれた内海さんの姿が、次の瞬間にかき消える。かと思えば、その次の瞬間には祠の方を向いて立っている。

「はい。できればあの祠を開けて、中を見てみたいです。でも、さすがにそれは無理そうですね」

目眩《めまい》がする。ぐるぐるぐるぐると、世界が回る。ほおずきの赤い色が、視界いっぱいににじんで広がっていく。

「今留さん⁉」

そして私は、交差点のときのように、また気を失った。

4

目が覚めてみれば、再び見知らぬ天井。

顔を動かすと、傍らの椅子に座っていたお母さんが安心したように微笑んだ。

「気がついた？」

「うん」

「大丈夫？　どこか痛いとこない？」

「うん」

デジャヴ……じゃないな。一週間前、まったく同じことがあった。私はまた倒れて病院に運ばれてしまったのだ。またお母さんに迷惑をかけてしまった。

「ここ、どこ？」

「豊野重町の病院だよ。あの病院が閉鎖してなければそこで診《み》てもらえたんだけど」

そう言って肩をすくめるお母さん。でも、病院が閉鎖していなければ、きっと私はあそこで倒れることもなかっただろう。

「お母さん、お仕事どうしたの？」

「そんなもの、中止に決まってるでしょ。栞の方が大事よ」

「……ごめんなさい。大事なお仕事だったのに……」

「いいのいいの。どうせ気に入らない仕事だったんだから。むしろサボる口実ができて感謝してるわよ」

いたずらっぽく笑って見せる。私のことを気遣って言ってくれてるんだろうけど、でもお母さんのことだから、半分くらいは本気かもしれない。

「まぁさすがに放ってはおけないから、お父さんが来てくれたら私は戻るけどね。同僚も置いてきてるし」

「そっか……」

あらためて、たくさんの人に迷惑をかけてしまったことを実感する。反省しなければいけないのに、私の中にはあの人の顔が浮かんできた。

「あの……内海さんは、どうしたの？」

なんでもないことのように、さりげなく聞く。声が上ずっていなかっただろうか。

「内海くん？　さぁ、どうしてるかな。病院について来たがったんだけど、さすがにそこまで迷惑はかけられないから断ったよ」

「そっか。そうだよね」

それはそうだ。内海さんは家族ではないし、昨日会っただけの……言ってしまえば、他人だ。だから仕方がない。

「内海くん、栞のこと心配してたよ。もしまだあそこにいたら、ちゃんと大丈夫だって伝えてあげるからね」

「……うん。ありがとう」

喉元から出かかった言葉を飲み込んで、素直に頷いた。私も連れていって、なんてわがままはさすがに言えない。これ以上お母さんに迷惑をかけたくない。

少しして、病室のドアがノックされる。

「どうぞ」

お母さんが答えるとドアが開いて、お父さんが入ってきた。

「栞、大丈夫なのか？」

「うん。ごめんねお父さん」

「心配ないよ。お医者さんも体に異常はないって言ってた」

「そうか。とりあえずよかった」

見舞客用の椅子をお母さんの隣に置いて座り、お父さんは心配そうに聞いてくる。

「それで、何があったんだ？」

事情はまだ聞いていないらしい。どう説明しようか迷っていると、お母さんがその役を引き受けてくれた。

「栞がね、私の仕事に興味があるって言うから、現場に連れていったんだ。そうしたら急に倒れてね。もしかしたら、また虚質が不安定になってるのかもしれない」

「虚質か……僕には虚質のことはよくわからないけど、大丈夫なの？」

「大丈夫だと思うけど、念のためお父さんがついててあげて。悪いけど私は現場に戻らないと」

「わかった。こっちは任せてくれていいよ」

簡単に説明を終えるお母さん。どうやら内海さんのことを話すつもりはないらしい。あとで私から話しておこう。

「さて、じゃあ私は戻るよ。栞、安静にね」

「うん。行ってらっしゃい」

手を振って笑顔で出ていくお母さん。なんでもない顔をしていたけど、大事な仕事を中断して抜け出してしまったのだから、偉い人に怒られたりしないだろうか。仕事の後始末もしなければいけないだろうし、本当に申し訳ない気持ちでいっぱいになる。

「栞、明日からは、どこか行きたいならお父さんと一緒に行こう？」

「……うん。ごめんなさい、お父さん」

「怒ってるわけじゃないよ。心配なんだ」

「うん……」

お父さんはもともと、私が自転車で一人で遊びに行くことを心配していた。それを振り切って強引に一人で出かけた末にこんな結果になってしまった手前、さすがにこれ以上心配はかけられない。せっかく借りた自転車だけど、こっちにいる間はおとなしくお父さんとずっと一緒に過ごすことにした。それに私も正直、また倒れてしまったらと思うと怖かった。

「栞、喉渇いてないか？　何か買ってこようか」

「じゃあ……オレンジジュースが飲みたい。一〇〇％のやつ」

「はいはい。お待ちくださいお姫様」

おどけて笑い、お父さんは病室を出ていった。

一人になると、頭に浮かぶのは内海さんのことだった。

内海さんはどうしただろう。さすがにもう帰ってるかな。お母さん、心配してくれてたって言ってたな。ごめんなさい。だけど、少し嬉しい。

……お母さん、連絡先とか、聞いてくれてないかな。

せめてもう一度会って、お礼なり謝罪なり、お別れなりを言いたい。

……ううん、違う。

本当は、次の約束をしたかった。

このまま別れてしまったら、もう一生会えないかもしれない。そんなのは嫌だった。明日の約束、大分に帰ってからの約束、その先の約束も。まだまだ、もっと、内海さんと一緒にお話ししたかった。

内海さんは確か、近くに宿を取っていると言っていた。スマートフォンで穂尾付町の宿を調べてみると、民宿が一軒あるだけだった。確か、内海さんは明日帰る予定だと言っていた。もしかしたら、まだここにいるかもしれない――

◯

次の日、私はお父さんの目を盗んで、民宿に電話をしてみた。

昨日帰ってきたお母さんに聞いてみたら、内海さんはまだ廃病院にいたらしい。だけど私が大丈夫だと聞くと、お母さんに謝罪をして、そのまま帰っていったそうだ。引き留めて連絡先を聞いてほしかったけど、お母さんとしてはそんなことをする理由がないのも当然だ。だけどこのままでは内海さんとの糸が途切れてしまう。だから思い切って、民宿に電話をして聞いてみることにしたのだ。

当然ながら、宿泊客の個人情報など教えてもらえるはずもなく、結局私は内海さんにもう一度会うことも話すこともできないまま、大分へ戻ることになった。

だけど家へ帰りつくころには、意外にも楽観的な気分になっていた。

大丈夫。そもそも内海さんと初めて出会ったのは、大分市内の公園なんだ。

内海さんは多分、大分市内に住んでいる。大分大学教育学部の二年生だということもわかっている。会おうと思えば会えるはずだ。

約束なんてなくても。
きっとまた、夏の公園ででも。

栞の日記

3月31日

明日から大学生です。緊張しています。

一人暮らしは、まだなかなか慣れません。毎日お父さんかお母さんのどっちかに電話してしまいます。こんなことで大丈夫なのかな。

結局、友達も恋人もできなかった高校の三年間。ああいうのを、灰色の青春、と言うのでしょう。あなたはどうですか？　せめてあなたが世界のどこかで、最高の親友と遊んだり、素敵な恋をしてくれていたらと思います。私も今度こそ、大学で友達を作ったり恋人を作ったりしたいです。

大学と言えば、今でもたまに内海さんのことを思い出します。

内海さんとはあれから一度も会えないまま、四年が経ちました。もうとっくに大学も卒業していると思います。私が大分大学に行ったって、内海さんはいないと思います。
今ごろどこで何をしているんでしょう。お変わりないでしょうか。
会いたいな。
あなたはどうですか？　誰か、会いたい人はいますか？
お返事待ってます。

栞

第三章　青年期

1

一ヶ月ぶりにお母さんが帰ってくる。それだけで私の足取りは軽くなった。私ももうすぐ二〇歳の誕生日を迎えて大人になるのに、これじゃあまだまだ子供みたいだ。だけどしょうがない。だって嬉しいんだから。

九州大学理学部が虚質科学科を設置して以来、お母さんは一年に一回は客員教授として招かれている。期間はだいたい一ヶ月。今年は七月の頭からだった。ちょうど夏学期の終了とともに客員期間が終わるように調整してもらったらしい。私の誕生日に合わせてくれたのだろう。私の誕生日と、久しぶりにお母さんに会えることと、夏休みが始まること。

私にとっては嬉しいことだらけだ。

とはいえ、長い夏休み。私は別にやりたいこともなく、少しだけ途方に暮れていた。困っている人を探して町をさまよう活動は、中学生まででもうやめた。高校生にもなると少しは常識も身につくものだ。その代わり大学一年の時にボランティアサークルに入ってみたけど、なんだか思っていたのとは違ってそれも長くは続かなかった。

私がそんな風に何者でもない学生生活を送っていた数年間で、世界は大きく変わっていた。言うまでもなく、虚質科学の研究や技術が大きく進歩して、並行世界の存在が広く一般にも受け入れられるようになってきたのだ。

この世界は物質と虚質というものでできており、虚質の変化によって世界は無数に分岐するらしい。その分岐したそれぞれの世界を並行世界という。そして人間の虚質はわりとふわふわしていて、人は誰でも気づかないうちに、日常的に並行世界を行き来しているのだという。

人がそうやって並行世界を移動することを、お母さんは『パラレル・シフト』と呼んでいたけど、今では色んな人がその呼び方を使っている。

ただし、大抵のパラレル・シフトはごく近い世界に飛んでいるだけで、朝食にパンを食べたかご飯を食べたか程度の違いしかないらしい。そのため、ほとんどの人は自分がパラレル・シフトしていることにも気づかないのだとか。

つまり、今こうしている瞬間にも私たちは、近くの並行世界へパラレル・シフトしているかもしれないわけだ。なくしたものが探したはずの場所から出てきたり、微妙な記憶違いやデジャヴなんかもこれが原因であると考えられているという。

そして、並行世界の虚質の形を数値化したものを、虚質紋、通称『IP』という。これもお母さんが名付けたものだ。

自分の腕を見る。そこには小さな腕時計のようなものが巻かれていて、液晶画面には整数三桁と小数点以下三桁の数字が表示されている。小数点以下は目まぐるしく動いているけど、整数桁はゼロのまま。

これは、IPを測定して自分が今どの世界にいるのかを確認するための装置の試作品だ。お母さんの研究所で開発中で、関係者だけにモニター品として配られている。いずれはこれが一般に流通して、人は誰でもパラレル・シフトを自覚できるようになるらしい。それが世界にどんな変化をもたらすのか、私には到底わからないけど、とにかくそんな感じでお母さんはずっと頑張っている。

私はと言えば、成績は問題なかったのだけど大学でやりたいことが見つからず、とりあえず地元の国立大学である大分大学に進学した。教育学部を選んだのは、中学二年の夏休みに出会った内海さんのことが忘れられなかったからかもしれない。

あれから六年。内海さんはあの時大学二年だと言っていたから、もうとっくに卒業してどこかの教師にでもなっているのだろうか。調べればわかるのかもしれないけど、そこまでする気にはなれなかった。

私も大学二年生。あのときの内海さんと同じ年だ。だけど私には内海さんのように、やりたいことが特にない。お母さんのように虚質科学を学ぼうかと思ったこともあるけど、なぜだかお母さんの話を聞いているだけで満足で、自分もその道を歩もうとまでは思えなかった。

やりたいことが見えないのは学業だけじゃなくて生活の面でも同じで、私は大学に入る前から一人暮らしを始めたのだけど、どうにも寂しくて仕方なくて、二年生になる前に実家に帰ってきてしまった。お父さんは喜んでたけど、お母さんはどう思っていたのかわからない。

そして迎える二〇歳、大学二年の夏。

私は実家でごろごろと、ただなんとなく日々を過ごしている。

こんなことでいいのかな。

○
「誕生日おめでとう、栞」

お父さんとお母さんが、私の成人を祝ってグラスを掲げる。

「ありがとう。いただきます」

私の持つグラスの中には、アルコール度数の低いカクテルが注がれている。今までお父さんが飲んでいるビールの泡を舐《な》めたことくらいはあるけど、それ以外では初めてのお酒だ。少しどきどきしながら、いい香りのする液体に口をつける。

「――あ、おいしい」

初めてのカクテルは、普通にジュースのような味だった。アルコールの味は正直よくわからない。どうせならもう少し強いのにすればよかったかな、なんてことを思う。お父さんはビールを、お母さんはワインを飲んでいる。別にもう、あれを飲んでも怒られないんだなと思うと、なんだか不思議な気分になる。日付が変わるたった数分前の私と、いったい何が違うというのだろう。

ビールを一気にあおったお父さんが、息をつきながらしみじみと言う。

「しかし、栞もう酒が飲める歳になったんだな……早いなぁ」

誕生日が来る度にそんなことを言っている。それにつられてお母さんも感慨深げに小さく笑う。

「それだけ私たちも歳を取ったってことね」

言いながらワイングラスを傾けるお母さんは、昔と変わらず格好いい。身内の贔屓目《ひいきめ》を抜きにしても、年齢にしてはまだまだ若々しく魅力的だと思う。やっぱり、やりたいことをやっているからなんだろうか。私もそんな大人になりたいけど、今のままでは到底なれるような気がしない。

「それにしても、栞」

グラスを置いて、お母さんが改まった様子で私に目を向ける。二〇歳になった娘に、親として言いたいこともあるのだろう。私もケーキを食べる手を止める。

「なに？」

「栞は、その……まだ、彼氏とかはいないの」

……その質問は、予想外だった。

何故だか私よりもお父さんが焦ったように返事をする。

「いやいやいや……別に彼氏なんていなくてもいいじゃないか……え？　いないよな？　いる……のか……？　いや、別にいてもいいんだけど……え？」

取り乱したその様子に、思わず小さく噴き出してしまう。そんなに慌てることかな。

「もう、お父さんってば……いないよ、今のとこ」

「そ、そうか。いないか。今のとこ？　うん、まぁ……そうか」

お父さんはまだ空《から》になっていないグラスにビールを注《つ》ぎ足す。その手が少し震えているのを見て、お母さんが呆れたように頬杖をつく。

「いや、私も別に無理に作れとか言いたいわけじゃないけどさ……」

平静を装うことに必死なお父さんは置いておいて、再び私に向き直るお母さん。

「でも、栞ってそういう話、全然なかったでしょ。中学でも高校でも。一応、母親というか、同じ女として？　少し気になって」

お母さんを心配させてしまうのも、仕方のないことかもしれない。

というのも、私は高校や大学で、どうにも存在感の薄い人間になってしまっていた。

別にいじめられてるとかではなかったんだけど、その場にいるのに何故か気づかれないようなことが多かった。子供の頃はこんなことはなかったのに、高校生になって知り合いが減ってから、だんだんとそんな風になってしまった。そのせいで、恋人はおろか友達すらできない。

お母さんはワインを飲みながら、言葉を選びつつ私に聞く。

「その……栞は別に、男の子に興味がないとかじゃないのよね？」

「まぁ……別に、そういうわけじゃないけど……でも、特定の人が気になってるとかはないかな……」

そう答えながら、私の脳裏には一人だけ、男の人の顔が浮かぶ。内海さん。私が特別に気になった異性と言えば、後にも先にもあの人だけだ。あれが恋愛感情だったのかと聞かれると、よくわからないけど。

カクテルをもう一口。お母さんは何か探るように私の目を見て、口を開く。

「内海進矢くんって、覚えてる？」

口に含んだカクテルを、思わず吹き出してしまうところだった。

「え……？」

突然お母さんが、心を読める超能力者になってしまったのかと思った。今まさに思い浮かべていた名前をいきなり口に出されたら誰だってそう思う。

「ほら、栞が中学生の時、穂尾付町で知り合った大学生。覚えてない？」

「覚えてる、けど……いきなりどうして？」

「いや、九大の私の講義にね。いたのよ。内海くん」

「そうなの⁉」

「うん。講義のあとで挨拶された」

驚いた。もう内海さんに会うことはないんだろうなと思ってたのに、こんなところで縁ができるなんて。嬉しいんだけど、まだ戸惑いの方が大きい。だって内海さんは、もうとっくに大学を卒業してるはずなのに。

私たちの会話を気にしていない素振りで実はしっかり聞いているであろうお父さんを横目に、私はその疑問を口にする。

「でも、内海さんって大分大学だったよね？　それにもう卒業してるでしょ？　なのになんでお母さんの講義に……一般公開してたんだっけ？」

「ううん。九大に入りなおしたんだって。虚質科学科」

「そうなんだ！」

「卒業してから、勉強しながらバイトしまくってお金貯めて、去年受験して一発合格らしいよ。なかなかすごいよね」

「うん、すごい……」

大学を卒業したあとで、別の大学に入りなおす人はたまにいるらしい。在学中に本当にやりたいことを見つけて、それを学ぶために。とんでもない情熱だ。もしかして内海さんは、お母さんに会ったことで虚質科学の道を目指したんだろうか？

「それで、まぁ……栞がさ、なんというか……仲良くなった男の子って、内海くんだけじゃない？　栞もあの後、内海くんのこと気にしてたし。もし栞がまだ内海くんのこと気になってるなら、連絡先、聞いてるんだけど」

驚いた。まさかお母さんが、そんな気の利かせ方をするなんて。お父さんがビールを飲むペースがやけに速くなっているのが気になるけど、まぁ置いといて。

「どう？　内海くんの連絡先、知りたい？」

あくまで選択は私の意思に委ねる、ということらしい。もちろん、私の中ではすでに答えは決まっていた。だけど、もう六年も前にたった二日間会っただけの相手に連絡をするなんて、迷惑じゃないだろうか。嫌われてしまわないだろうか。

私の胸の内を察したのか、お母さんがそっと背中を押してくれる。

「内海くん、栞のことずっと気になってたみたいよ。あれから大丈夫ですかって」

「……そっか」

内海さん、私のこと覚えててくれたんだ。なんだか胸がぽっと温かくなる。

だったらもう、迷うことはない。久しぶりに、やりたいことをなんでもやっていた中学生の頃の気持ちが戻ってくるのを感じた。

「お父さん、いい？」

一応、お父さんにお伺いを立ててみる。六年前に内海さんの話はしてあるから、お父さんにとってもまったくの知らない人ではない。

「……確か、栞が中学二年の時に、大学二年だったんだよな。六年前にハタチとして、今は二六か……二〇と二六……一四と二〇ならともかく、二〇と二六か……」

お父さんが何を考えているのかは、だいたいわかった。まぁ、父親としては仕方のないことだと思う。だけど私は別に、そういうつもりではないのに。

うん。そういうつもりじゃない……よね？　多分。

「まぁ……栞ももうハタチになったわけだからな。自分のことは自分で決めればいい。父親として、栞の選択を尊重するよ」

なんだか大袈裟《おおげさ》に言われてしまい、私は思わず笑ってしまう。だけど同時に、私の意思を尊重してくれたことに深く感謝する。

「うん。ありがとう、お父さん」

こうして私は生まれて初めて、気になる人の連絡先というものを手に入れたのだった。

2

〈お久しぶりです。今留栞です〉

〈お母さんにＩＤを聞いてメッセージを送らせてもらいました。お元気ですか？〉

〈お久しぶりです今留さん。内海進矢です。僕は元気にしています〉

〈あの病院で今留さんが倒れてから、ずっと心配していました。大丈夫でしたか？〉

〈はい。心配してくれてありがとうございます〉

〈あれからお母さんの研究所で定期的に検査を受けてるんですけど、今のところ大丈夫です。検査の頻度もだんだん減ってます〉

〈それは何よりです。結局、原因は何だったんですか？〉

〈詳しいことはわからないんですけど、私は体質的に、虚質が不安定らしいんです〉

〈お母さんが言うには、あの病院の中庭、ちょうど鬼隠しの祠《ほこら》があった辺りも空間の虚質が不安定で、私はその影響で断続的なパラレル・シフトを繰り返したらしいんです。それ

でシフト酔いを起こして倒れてしまったとか〉

〈そうですか。それは大変でしたね。でも、ご無事で何よりです〉

〈ありがとうございます〉

〈内海さんはどうですか？〉

〈九大に入りなおしたって聞きました。すごいですね。お母さんみたいに、虚質科学の研究者になるんですか？〉

〈いえ、そのつもりはないんです〉

〈今留さんだから言ってしまいますけど、僕は今でも、あの鬼隠しの謎を追っています〉

〈そうなんですか？〉

〈はい〉

〈鬼灯蓮さんを覚えていますか？〉

〈鬼隠しの祠を管理してた女の人ですよね〉

〈そうです〉

〈六年前、僕は鬼灯さんと連絡先を交換したんです。それ以来ずっと、定期的に連絡を取っています〉

〈そ〉

〈そ？〉

〈な〉

〈今留さん？〉

〈はい〉

〈大丈夫ですか？　どうかしました？〉

〈なんでもないです。音声入力の調子が悪いみたいで〉

〈そうですか〉

〈鬼灯さんって、綺麗な人でしたよね〉

〈そうですね。とてもお綺麗です〉

〈そうですか。それわよ〉

〈今留さん？〉

〈なんでもないです〉

〈そうですか〉

〈それで、鬼隠しはどうなってるんですか？〉

〈六年前に佐藤教授が調査に入って以来、手つかずのようです〉

〈鬼灯さんの話によると、鬼灯家はもうあそこの調査をしていないのだとか〉

〈そうなんですね。私もあれ以来、あそこには行ってません〉

〈六年前の調査の結果を、佐藤教授から聞いてますか？〉

〈なんとなくは〉

〈さっきも言いましたけど、祠周辺の空間の虚質が不安定だとか。結局、それ以上の詳しいことはわかってないって〉

〈そのようですね。僕も鬼灯さんから聞きました〉

〈なんでも、佐藤教授が僕たちを勝手に病院に入れたことで鬼灯家のお偉いさんが怒ってしまって、契約を解除されたとか〉

〈僕のせいですね。教授に謝っておいてください〉

〈私のせいでもあります〉

〈きっと大丈夫ですよ〉

〈ありがとうございます〉

〈話を戻しますが、僕はあれから毎年夏には穂尾付町へ行って祠の様子を見てるんですけど、特に得られることがなくて〉

〈もしかしたら鬼隠しを解明するのに虚質科学が必要になるかもしれないと思って、九大の虚質科学科に入ったんですよ。そうしたら佐藤教授と再会したんです。それであのときの調査結果を聞かせてもらって〉

〈病院には入れるんですか？〉

〈はい。鬼灯さんが入れてくれます〉

〈仲がいいんですね〉

〈はい？〉

〈なんでもないです。どうして鬼灯さんは入れてくれるんですか？〉

〈六年前、僕は鬼隠しに遭った子供のことを何も知らなかったんですが、その子は鬼灯さんの弟さんらしいんです。それで鬼灯さんはずっと鬼隠しの解明を望んでいるそうなんですが、本家はもう何もする気配がないので、藁《わら》にもすがる思いで僕に協力してくれているのだと思います〉

〈そういうことだったんですね〉

〈今年も病院に行くんですか？〉

〈そのつもりです〉
〈虚質科学を学んだので、以前とは違う見方ができると思っています〉
〈内海さん〉
〈はい〉
〈私も行っていいですか？〉
〈今留さんが？〉
〈はい。駄目ですか？〉
〈駄目ではありませんが、どうして？〉

〈私も鬼隠しのことは気になってましたし〉

〈でも、あそこへ行くとまた倒れてしまうのでは？〉

〈それは十分に気をつけます〉

〈私は今、関係者だけに配られるパラレル・シフトを数値化する機械を持ってますから、それを見ていれば大丈夫だと思います〉

〈なるほど、そうですか〉

〈どうですか？　一緒に行っていいですか？〉

〈そういうことなら、もちろん構いませんよ〉

〈だけど、決して無理はしないと約束してください〉

〈はい。約束します〉

〈よろしい〉
〈僕は三日後から行く予定ですけど、今留さんはどうですか？　さすがに急ですかね〉
〈いえ、大丈夫ですよ。行けます〉
〈そうですか〉
〈では、来週月曜日の一五時、あの病院で。いいですか？〉
〈はい。わかりました〉
〈また自転車で来るんですか？〉
〈いえ、車で行きます〉
〈車ですか？〉

〈今留さんが運転を？〉

〈大丈夫ですよ。大学にも毎日車で通学してますから、運転は慣れてます〉

〈いえ、すみません〉

〈僕の中では、今留さんは中学生の女の子だったので、ちょっと驚いただけです〉

〈そうですね。今留さんはもう、あの時の僕と同じ年齢なんですね〉

〈そうですよ〉

〈私、もう大人です〉

〈大変失礼いたしました〉

〈よろしい〉

〈では来週、またあの場所でお会いしましょう〉

〈はい〉

〈また、あの場所で〉

○

メッセージアプリを切って、ベッドに寝転がる。

内海さんに会える。六年ぶりに。

あの頃、私は一四歳の子供だった。内海さんのことがとても大人に見えていた。今の私は、あのときの内海さんと同じ年齢だ。そう考えると、自分があのときの内海さんと同じくらい大人になったとはあまり思えない。内海さんはどうだろう。二〇歳になった私を見て、どう思うだろう。大人になったと思ってくれるだろうか。

いろんな考えが脳裏を巡り、どうにも落ち着かなくてベッドの上をごろごろと転がり、着ていく服がない、と気づいたのは一〇分後のことだった。

3

翌週月曜日、一四時三〇分。

廃病院の駐車場に止めた車の中で、私はバックミラーをのぞき込んで前髪をいじる。これで何度目だろう。約束より一時間も早く着いてしまってから三〇分、ずっとそわそわと髪を触ったり衣服の乱れを確認したりしている。

クローゼットの中を引っかき回して、格安のファストファッションばかりが並んでいることに愕然としたのが三日前。普段は気にしないが、さすがにこんな服装では内海さんに会えない。六年ぶりの再会なのだから、ちゃんと大人になったんだと思ってほしい。

土日の間に服を買わないと、と思って慌てて流行《はや》りの服なんかを調べてみても、正直何を買えばいいのかよくわからなかった。お母さんに相談しようかと思ったけど、お母さんはもっとわからないだろう。だから思いきって、お父さんに相談してみた。お父さんは複雑な顔をしながらも、あれこれと調べていくつかの服を見繕《みつくろ》ってくれた。適度にお洒落《しゃれ》で適度に動きやすい服。うん、このくらいがいいだろう。別にデートに行くわけじゃないんだから。フィールドワークのようなものだ。

どうにもそわそわと落ち着かないので、外の空気を吸うことにした。エンジンを切って車を降りると途端に夏の熱気が襲ってくる。帰る頃には車の中は蒸し風呂になっていることだろう。それでも外を流れる自然の風は、エアコンの風とは違う心地よさがある。

駐車場の向こうに、小さな四阿《あずまや》がある。懐かしいな。六年前、内海さんと自己紹介を交わしてお話をした場所だ。ちょうどいいからあそこで待とう。

自動販売機で冷たいお水を買って、それを飲みながらぼんやりと元病院を眺める。建物は相変わらず立ち入り禁止のようで、人の気配はまったくない。だけど荒れている様子もなく、手入れはされているのだとわかる。これだけ大きな建物なのだから何か違う施設にすればいいのにと思うのだけど、もしかしたら例の祠のせいでできないのだろうか。

お母さんは、祠の周りの空間は虚質が不安定だと言っていた。それがどういうことなのかはよくわからないけど、それが原因なのかもしれない。

ああ、それにしても、暑い。日陰で風も吹いているとはいえ、八月の午後三時なんて一年で最も暑い時間帯なんじゃないだろうか。何もしていなくても額に汗がにじんでくる。あ、いやだな、汗をかいた状態で内海さんに会いたくないな。額にハンカチを押し当てて汗を拭《ぬぐ》う。一応汗染み防止のインナーを着ているけど大丈夫だろうか……。

そんなことを考えていると、遠くの方で、小さく足音が聞こえた。

心臓が跳ねる。

落ち着くために水を一口。木製のテーブルに水滴が落ちる。水はすでにぬるくなり始めていた。私はまだ気づかないふりで建物を眺めている。どのタイミングで振り向くべきなのかがわからない。足音は近づいてくる。さすがにもう気づかないとおかしい？　でも、振り向いてなんて言おう。お久しぶりです？　暑いですね？　お元気でしたか？

いろんな言葉が頭を渦巻いて、結局振り向くことができない私の耳に、やわらかな声が聞こえてきた。

「今留さん？」

その声で、一気に記憶が蘇る。

ああ、間違いない。内海さんの声だ。

自然と私は振り返り、その名前を呼んでいた。

「内海さん」

そこに立っていた、二六歳の内海さんは、なぜだか少し目を見開いて驚いたような表情をしていた。

「……どうしました？」

「……え、ああ、いえ。今留さん、ですよね。お久しぶりです」

「はい。お久しぶりです」

少し不思議な、それが内海さんとの再会だった。

○

外は暑いので、少し早いけど中に入れてもらおうということになった。内海さんがスマートフォンで鬼灯さんに連絡を取り、二人で玄関が開くのを待っている間、沈黙を嫌ったのか内海さんが話しかけてくる。

「その……大きくなりましたね」

「はい。あの頃より三センチくらい伸びてます」

「身長もそうですけど、なんと言うか……雰囲気が」

「大人っぽくなりました?」

「はい。とても」

「ふふ。嬉しいです」

さっきまでの緊張はどこへやら、話し始めてみれば意外とすんなり言葉が出てきた。むしろ内海さんの方が少し緊張しているように見える。二〇歳から二六歳になった男性と、一四歳から二〇歳になった女性。六年ぶりの再会で前者の方が戸惑うのは当然なのかもしれない。

内海さんは、私の左腕に目を留める。

「あの、腕に巻いているそれは、もしかして？」

「ああ、はい。これがＩＰ端末のモニター品です」

私は左腕に巻いた腕時計のようなものの画面を内海さんに見せる。

「この数字がＩＰです。小数点以下がずっと動いてるでしょう？　これも一応、パラレル・シフトしてるらしいです。でもその差異が小さすぎて、同じ世界だと見なしてもいいそうですよ。なんだか不思議ですよね」

「そうですね……」

内海さんは興味深そうにしげしげとＩＰ端末を見ている。研究所の関係者しか持ってないものだから、私は得意げになってしまう。

「で、こっちの整数桁が１以上になると、正式にパラレル・シフトしたと見なされるそうです。今はゼロですね」

「これは、どのくらいの頻度で１以上になるんですか？」

「んー、ずっと見てるわけじゃないから正確じゃないですけど、だいたい三日に一度くらいですかね。それでも私は多い方らしいです」

このIP端末はモニター品なので、一日に数度、定期的に数値を記録して報告する義務がある。と言っても、それも端末が勝手にやってくれるんだけど。そのログを見てみたことがあるのだけど、ゼロが並んでいるばかりで少しがっかりしたのを覚えている。

「一度パラレル・シフトすると、どのくらいでゼロに戻るんですか？」

「数字が大きいほど長くなります。1だと長くても一時間くらいですね。一度3になったことがありますけど、そのときは半日くらいでした」

遠い世界ほど帰ってくるのに時間がかかるということなのだろう。ちなみに3番目の世界でも、私は何が違うのかよくわからなかった。昼食のメニューが違ったとかなのかもしれない。5番目くらいからはっきりとした違和感が表れ始めるらしいけど、体験してみたいような、怖いような。

「その……パラレル・シフトしている間は、並行世界にいるってことなんですよね？　その間、どんな感じなんですか？」

「どうと言われても……別に普通ですよ。3くらいならほとんど変わりませんし」

私の返事を聞いて、内海さんは少し考え込む。

「……もしかして、今の僕も3だったりする可能性はあるんですかね？」

なるほど。確かにそれは気になるところかもしれない。だけど今のところ、それを確実に見分ける方法はIP端末を使う他にはない。

「どうでしょう……私は普通の人よりシフトしやすいらしいので。普通の人は滅多に2以上の世界には行かないって聞いてます」

「そうなんですか……」

頷きはしたものの、まだ気になることがあるのか難しい顔をしている内海さん。まぁ、言葉で説明されてもピンとこないかもしれない。

今私が話したようなことは、大学で虚質科学を学んだ内海さんなら知識としては知っているはずだ。だけど、実際の体験として私の話を聞くのはやはり何かが違うのだろう。特にIP端末に関しては、まだごく一部の人しか知らないのだからなおさらだ。

内海さんは不意に顔を上げて、私の腕を指さした。

「あの、そのIP端末をお借りすることはできないんですか？」

なるほど。実際に自分のIPを知りたいということか。内海さんがそう考えるのも当然だ。だけど残念ながら、それはできないのだ。

「えっと、ごめんなさい。この端末には私の虚質が基準として登録されていて、パラレル・シフトをしたときに生じる基準との差違を数値化してるそうなんです。だから私以外には使えないって」

「なるほど。そんな仕組みに……」

ふむふむと頷く内海さん。大いに知的好奇心を刺激されているようだ。

お母さんの話だと、この端末はいずれ世界中の人が生まれたときから持つことを義務づけられるようになるらしい。だから内海さんも、いつか自分のＩＰ端末を持つときまで我慢してもらうしかない。

そんな話をしていると正面玄関が開いて、中から鬼灯蓮さんがやって来た。

「お待たせしました。暑いでしょう、中へどうぞ」

儚《はかな》げな笑みで私たちを中へと誘《いざな》う鬼灯さんは、六年前にあったときの記憶と何ら変わっていないように見えた。あのときもいくつかわからなかったけど、今もわからない。その装いも、真っ黒な長い髪を後頭部で一つにまとめたシニヨンヘアに旅館の仲居さんのような恰好で、まるで記憶からそのまま抜け出てきたみたいだった。

一つだけ言えるのは、やっぱり私なんかよりずっと美人だということ。内海さんはこの人と六年間もやり取りを続けてたんだ……と考えると、ちょっとだけ落ち込んでしまう。

「すみません鬼灯さん、私までお邪魔しちゃって」

「いえ、お気になさらないでください。あの子のことを気にかけてくださるのは、私も嬉しいです」

あの子というのは、鬼隠しに遭った子供のことだろう。確か、鬼灯さんの弟さんだという話だけど、詳しくは聞いていない。

私のそんな疑問を察してくれたのか、内海さんが鬼灯さんに促《うなが》してくれる。

「鬼灯さん、もしよければ今留さんにも詳しい話をしてあげてくれますか？」

「そうですね……今留さん、面白い話でもないのですが、聞いていただけますか？」

「はい。聞かせてください」

そうして鬼灯さんは、ぽつりぽつりと語り始めた。

○

大人しい子、でした。

名前は鬼灯太郎。私の一三下の弟です。

鬼灯の家では、三人続けて女が生まれました。四番目に生まれた弟は、待望の男の子ということで太郎と名付けられました。良い名前だと思うのですが、それも鬼隠しの一因だったのかもしれません。

輝智《かがち》の九名家というのをご存じでしょうか。穂尾付町を中心としたこの地方を支配する地方財閥のことで、鬼灯家はその元締めとでも言うべき大地主の家系です。その跡取りとして期待された太郎ですが、成長するに従い、当主はその資質に疑問を抱いていったようです。

大人しい、と言えば聞こえはいいですが、要するに太郎は、存在感のない子でした。家族の中にあっても、いつの間にか後ろにいて驚かれたり、外出の際に忘れられて一人でお留守番をすることになったりと、そんなことがよくありました。もちろんわざとのことではありません。

それが原因だったのか、どうやら太郎は、小学校ではいじめられていたようです。

私はそのとき大学の寮で一人暮らしをしていたので詳しいことは知らないのですが、家族の話によると、太郎は学校でよく無視をされていたそうです。とはいえ、家族にも気づかれないことのあった太郎です、ほとんどは悪意のあるものではなかったのでしょう。しかし中にはそれをことさらに攻撃の対象とする子供もいたようで……。

町の有力者である鬼灯の子供は、必要以上に持ち上げられるか、疎《うと》まれるかのどちらかに偏《かたよ》ることが多いのです。太郎は典型的な後者でした。その古典的な名前と、存在感の薄さが相まって、攻撃の対象となったのでしょう。

ある日太郎は、まだ病院として運営されていたこの建物の中庭で、同級生とかくれんぼをしました。とはいえ、ここの中庭に隠れられるところなどほとんどありません。唯一まともに隠れられるのは、入ってはいけないと言われている祠の中だけでした。小学校低学年の男の子くらいならなんとか入れる程度の広さがあったのも不運でした。

自分から入ったのか、それとも無理やり入らされたのかはわかりませんが、太郎は祠の中に隠れたそうです。入るところを見ていた人がいました。

そこで太郎は、隠れ鬼に憑かれてしまったのでしょう。

同級生は、太郎を見つけることなく帰りました。太郎のことを本当に忘れていたようでした。病院にいた入院患者や看護師たちも、誰も太郎に気づきませんでした。

当然、鬼灯家からは捜索願が出されました。警察の捜査の結果、太郎が病院で消息を絶ったことがわかったのは三日後のことでした。

そして警察は、祠を開けたのです。

○

鬼灯さんが立ち止まり、中庭の扉をそっと撫でる。

六年前は伸縮式のフェンスが張られていただけだった中庭は、今では中が見えない壁に囲まれていた。内海さんがその壁に触れながら聞く。

「この壁は？」

「私にはよくわからないのですが、電磁波などを遮断する壁だそうです。今留さんがここで倒れた後、鬼灯の家が設置しました」

それを聞いて驚いた。もしかして、私が倒れたせいなのだろうか？　きっと安いものではないだろう。まさかうちに請求なんて来てないよね……と、的外れな心配をしていると内海さんがこちらを見ているのに気づく。

「今留さん、ＩＰはどうなってます？」

ＩＰ端末を見る。その数値はゼロのまま安定している。もしこの壁がなければ、この数値が暴れ出して私はまためちゃくちゃなシフトをしてしまうのだろうか。

……ふと、思いついた。

もしかして、私はあのとき、隠れ鬼に憑かれかけていた？

「今は、ゼロです。安定してます」

「そうですか……異常があればすぐに言ってください」

「はい」

頷きながら、私は今思いついたことが頭から離れない。もしかしたら、私も鬼隠しに遭ってしまうのかもしれない。さすがにそれは、怖い。

「鬼灯さん、続きをお願いします。警察が祠を開けたと言いましたね。祠の中に男の子はいたんですか？」

「わからなかった、と聞いています」

「わからなかった、とは」

内海さんと鬼灯さんは、すでに一度この話をしているはずだ。だけど私にわかりやすいように、初めてのように話してくれているのだろう。

「……祠の中には、闇があったそうです」

「闇」

「はい。祠の中は、真っ黒な闇だったと。夜だったわけでも暗かったわけでもありません。なのに、祠の中は真っ黒で何も見えなかったそうです」

「それで、警察はどうしたんですか？」

「そこにいた一人が、闇の中に手を差し入れて、中を探ったそうです。中には何もなく、ただ空間をかくだけで、なぜか壁にも手がつかなかったと」

「その警官は、なんともなかったんですか？」

「しばらく、差し込んだ部分の手がぶれて見えていたと聞いています。すぐに元通りになったそうですが」

「なるほど」

内海さんが私の方を見たので、私は小さく頷いてみせた。ここまでの話をきちんと聞いています、という合図だ。理解できているかは別として。

「その後、鬼灯はすぐにこの中庭を封鎖しました。そしてちょうど予定のあった隣町への病院の移転計画を拡大し、二年後には医師や入院患者をまるごとそちらへ移して、この病院自体も閉鎖されたのです」

私と内海さんがここで出会ったのが六年前。そのとき、鬼隠しがあったのが三年前だと聞いた。つまり、鬼隠しが九年前で、病院の閉鎖が七年前ということか。

「本家もあらゆる手段で弟を探しましたが、いくら探しても何も手がかりを得られず、次第に諦めていきました。私は大学卒業と同時にここの管理を申し出ました。何もしてあげられなかった弟の、少しでもそばにいて、せめて私だけでも弟のことを思い続けていようと思ったんです」

目を伏せて静かに語る鬼灯さんからは、とても深い愛情を感じた。

私はなんだかとても申し訳ない気分になる。六年前ここに来たときは詳しいことを何も知らず、ただ好奇心と内海さんへの興味だけで首を突っ込んでしまった。もしあのとき詳しい話を聞いていれば、そんな軽い気持ちでは臨まなかったのに。私が頑張っても仕方がないとは思うけど、お母さんに調査を続けることをお願いするくらいはできたはずだ。なのに私は何も知らず、六年間もそのことを気にしないで生きてきた。その間も、鬼灯さんと内海さんは忘れていなかったのに。

鬼灯さんは、これからもずっと一人でここを守り続けるのだろうか。太郎くんが見つからない限り。そんなのは、あまりにも悲しすぎる。

私はたまらない気持ちになって、唯一頼れる内海さんに問いかける。

「内海さん、六年間で何かわかったことはあるんですか？」

「そうですね……」

内海さんは目を閉じてじっと黙り込む。きっと考えをまとめているのだろう。

「……去年までの僕は、何もわかりませんでした。ここへ来ても、せいぜいが鬼灯さんの話を聞いてあげられるくらいで。ですが、大学に入りなおして虚質科学を学んで、佐藤教授から直接お話を伺った今、一つの仮説はあります」

「お聞かせ願えますか」

すがるような眼差《まなざ》しで、鬼灯さんが言う。私も内海さんを見つめる。仮説でもいい。なんでもいいから鬼灯さんを、太郎くんを助けてあげてほしかった。

内海さんはさらにしばらく考えをまとめ、ゆっくりと話し始めた。

「世界は差違でできている、という考え方があります」

「差違？」

「はい。世界がどうやってできているのか、人は長い年月をかけて研究してきました。その結果、分子や原子、陽子や中性子、果ては素粒子に至るまで、世界の成り立ちを細分化し続けてきました。しかしそれは結局、一つの事実を表しています」

内海さんは両手を挙げ、右手と左手を開いてみせる。

「すなわち世界は、あるものと、それでないものの差違からできている。その差違を形作るのが『虚質』であり、それを言い換えたのが『八百万《やおよろず》の鬼』ということなのではないかと、僕は考えています」

この地方に伝わる『八百万の鬼』思想と、虚質科学。もともとは鬼灯家の人もその二つに関連があるのではないかと考えて、お母さんに調査を依頼した。

例えば、夕焼けの次の日は晴れだとか、ツバメが低く飛ぶと雨だとか。そういった昔ながらの言い伝えが、後世になって科学的に証明されるのはよくあることだ。他にも、ツタンカーメンの呪いがピラミッド内に蔓延《まんえん》していたウイルスによるものだという説や、聖書にあるモーゼの海割りが物理法則で成り立つという話もある。となると、鬼隠しが虚質と関連があってもおかしな話ではないだろう。

「虚質科学では、世界は海の底で生まれた泡に喩《たと》えられます。それが大きくなったり分裂したりしながら、水面へ向かって浮上していく。この浮上というのが時間の流れであり、分裂した泡が並行世界です。この泡から個々の虚質が飛び出して、別の泡の虚質と入れ替わることを、パラレル・シフトと言います」

「はい」

ここまでは私も知っている。小さい頃からお母さんに何度も聞かされた話だ。そして今では学校で習うことになる話。

「佐藤教授の話によると、この世のすべての物質には虚質が結びついています。僕たち人間だけではなく、木も、草も、石も。そういった物質も、実はパラレル・シフトをしていると考えられると。ただ、意思を持たない物質がシフトしてもわからないだけだと」

「それも、聞いたことがあります」

私の反応に内海さんは小さく頷いて続ける。

「今留さん、多くの人は、あまりパラレル・シフトを経験しないという話がありましたね。ですが、それに対して今留さんはパラレル・シフトをしやすいと」

「はい」

「その原因はなんですか？」

「虚質が不安定だということらしいです」

「そうですね。虚質が不安定。これをもう少し専門的に言うと、虚質密度が小さい、という言い方をします」

「虚質密度が、小さい」

「はい。単位質量当たりの物質量と虚質量の比が、本来なら一対一でなければならないのに、虚質量の方が一未満になってしまうことです。その結果、物質と虚質の結びつきが弱くなって虚質の揺らぎが大きくなり、パラレル・シフトを起こしやすくなります。それが『虚質が不安定』ということです」

「はい……」

この話は、私は聞いたことがなかった。さすがのお母さんでも子供には難しすぎると考えたのだろうか。

「今留さんは虚質が不安定だからパラレル・シフトしやすい。そして、祠の周辺の空間も虚質が不安定ということでしたね。ということは、あの祠の周辺もパラレル・シフトしやすい。ここまではいいですか？」

「はい」

「続けてください」

　私が頷き、鬼灯さんが促す。

「ここからが、僕の仮説です。泡は海の中を水面に向かって浮上していきます。ですが、中には虚質が不安定な泡があります。その泡は十分な浮力を得られず、海水の粘性に負けて他の泡よりも浮上するのが遅くなる。そうするとどうなるでしょう？」

　鬼灯さんは、困ったように首を傾《かし》げている。いきなりそんなことを言われてもわからないのは当然だろう。

　だけど私は、内海さんの言いたいことが何故かすんなり理解できた。

「その泡は……時間の流れが遅くなる？」

「すごいですね今留さん。その通りです」

　内海さんが驚いた顔をする。少し嬉しい。これもお母さんのおかげだろうか。

「そうなんです。虚質密度の小さい泡は、時間の流れから取り残されるんじゃないか。結果、現行時間を生きている僕たちからその物質は見えなくなるんじゃないか、と僕は思ったんです」

　その仮説は、さすがに少し突拍子《とっぴょうし》もないものに思える。それに、そうだとしたら一つ、明らかにおかしいことがある。

「でも、私も虚質密度が小さいはずなのに、内海さんと同じ時間を生きてますよ?」

そう。内海さんの言うことが本当なら、私も時間から取り残されてなければいけないはずだ。だけど内海さんは、その反論は想定済みとでも言うようにすぐに答えてくる。

「きっと今留さんの虚質密度は、小さいと言ってもそこまでじゃないんでしょう。虚質が粘性に負けるには、ある閾値《いきち》が存在する。その閾値を超えて虚質密度が小さくなったとき、その物質は時間の流れから取り残される」

「でも、太郎くんも途中まではみんなと同じ時間を生きていたはずです。なのに、いきなりそんなに虚質密度が小さくなることってあるんですか?」

「それが、鬼隠しという現象なんじゃないでしょうか」

内海さんの顔を見て、わかった。

ここからが、内海さんが本当に言いたかったことだ。

「太郎くんは隠れ鬼に憑かれた。虚質というのは、差違です。より『それ』が『それ』であろうとする性質。隠れ鬼に憑かれた太郎くんの虚質は、より『隠れよう』としてしまった。結果、この祠の中で虚質密度は小さくなっていき、閾値を超えた。その瞬間、もともと不安定だったこの空間の虚質とともに、時間から取り残された」

私の虚質が空間の虚質に影響されたように、太郎くんの虚質が空間の虚質に影響を与えた。実際にこの身で経験しているからこそ、内海さんの仮説は説得力を伴って私に響く。

「つまり、その祠の中にある闇は、時間の渦です。太郎くんはそこに取り残されているのではないでしょうか」

これだけ聞くと、単なるオカルトのようにしか聞こえない。だけど私は何故か、その突拍子もない仮説をすんなり受け入れられた。内海さんは虚質科学をきちんと学んでいる。本当はきっと、もっと難しい根拠もあるのだろう。

鬼灯さんが、内海さんに一歩詰め寄る。

「内海さんの仰《おつしや》ることが正しいのであれば、どうすれば弟を救えるのですか？」

真剣な表情でそう聞く鬼灯さん。詳しい理屈はともかく、鬼灯さんにとって大事なのはそこだった。内海さんの言っていることを理解したとか信用したとか、そういうことではないのだと思う。きっと、藁にもすがる思いなのだ。

内海さんは、申し訳なさそうに目を伏せる。

「すみません、そこまでは……要するに、空間の虚質密度を大きくできれば、時間の流れを正常化できると思うのですが、具体的な手段は、まだ僕には……」

「……そうですか」

すがったのが藁だったとしても、やはり沈んでしまえばがっかりするものだ。それだけ

　鬼灯さんが、太郎くんのことを思っているということだろう。

「本当に、すみません」

「いえ、そんな。弟のことを真剣に考えていただけただけでも、感謝しています」

「僕はこの先も研究を続けます。佐藤教授を始め、優秀な方々にも相談するつもりです。そして……お約束はできませんが、いつか弟さんを助けてあげられたらと、思います」

「ありがとうございます。そのお言葉だけで、十分です」

　内海さんの真摯《しんし》な言葉に、鬼灯さんは嬉しそうに微笑んだ。

　それを見て、私の胸がちくりと痛む。内海さんはどうしてここまで真剣なんだろう。やっぱり、鬼灯さんのためなんだろうか……一瞬でもそんな風に考えてしまった自分が嫌だった。二人とも、純粋に太郎くんを助けたいと思っているだけなのに。

　重苦しい沈黙がおりる。何を言えばいいのか、これからどうすればいいのか、誰もわかっていなかった。みんながみんなそれぞれに、自分の無力さを噛みしめているかのようだった。

　その沈黙を破ったのは、やっぱり内海さんだった。

「鬼灯さん。祠を、開けて見せてくれませんか」

　その申し出に、鬼灯さんは強いためらいの色を見せる。

「……しかし、それは」

「大丈夫です。中に手を入れた警察の人も無事だったんでしょう？」

「それは、そうですが……わざわざ危険を冒す必要があるのですか？」

「危険ではないと僕は考えています。それに、僕の考えが正しいかを確かめるためでもあるんです。それは結果的には、弟さんのためにもなるはずです」

目を伏せて、長い時間考え込む鬼灯さん。危険性と可能性を比べているのだろう。だけどどうやら、実際に無事だった前例があるという事実が天秤《てんびん》を傾けたようだった。

「……わかりました。ですが、十分にお気をつけください」

「はい」

そして二人は、禁断の祠の扉を開くことを決めた。

中庭へ入る準備をする二人。黙っていられず、私も一歩踏み出す。

「内海さん、私も」

だけど案の定、内海さんはすぐに首を横に振った。

「今留さんは駄目です。もし僕の仮説が正しかった場合、虚質が不安定なあなたは、太郎くんのように時間の渦に飲み込まれてしまう危険がある」

「でも……」

「無理はしない。そういう約束でしたよね？」

「……はい」

約束は約束だ。破ってはいけない。

しぶしぶ頷く私がよほど不満そうな顔をしていたのか、内海さんは少しだけ考えて譲歩案を出してくれた。

「IP端末に影響がない範囲で、外から見ているくらいなら大丈夫だと思います。決して中庭へ入らないようにしてください」

それでもいい。ここまで来て蚊帳《かや》の外は嫌だ。私は素直に頷いた。

私たちのやり取りが終わるのを待って、鬼灯さんが、電磁波を遮断しているという壁に取り付けられたパネルを操作した。壁の一部がゆっくりとスライドして開く。

「では、今留さんはそこにいてください」

「はい……」

中庭へと入っていく内海さんと鬼灯さんの背中を見送る。IP端末を見ると、表示に特に変化はない。これなら、私ももう少し近づいて大丈夫だと思うんだけど……でも、内海さんに怒られるかもしれないから、ここは我慢しておこう。

「鬼灯さん、お願いします」

「……はい」

二人の会話はここまで聞こえてきた。入り口から祠までは一〇メートルもない。もしかしたら祠を開けた瞬間に何かあるかもしれないので、念のため壁に半身を隠した状態でそっと中を覗く。中庭の景色は記憶の中とほとんど同じで、ただ赤く色づいたほおずきの群生が、六年前よりも繁茂しているような気がした。

鬼灯さんが鍵を取り出して、祠の錠を開ける。

そして一拍おいて、観音《かんのん》開きの扉を開いた。

どうなっているのか、私もとても気になる。だけど無理はしないと約束したから、扉が開いた瞬間に壁の陰に身を隠す。

「……今留さん。ＩＰはどうなってますか？」

中庭から内海さんの声が聞こえた。私は端末を確認する。

「ゼロのままです。特に変化ありません」

「そうですか……じゃあ、そっとこっちを覗いてください」

「わかりました……」

おそるおそる、壁から片目だけを覗かせて、祠の方を見る。

開け放たれた祠の扉の奥。二人の背中に遮《さえぎ》られてよく見えないけど、そこには確かに、闇があった。

——闇？　ううん、あれは光？

それがどちらなのか、私にはわからなかった。真っ黒なような、真っ白なような。あらゆる色が混ざった黒と、あらゆる光が混ざった白。それらが同時に見えているように思えた。そんなことあるわけがないのに。

「確かに、これは闇としか言いようがないですね」

「はい……」

内海さんと鬼灯さんの声。二人には、ただの闇に見えているのだろうか？

それ以上何も言わず、二人はただ黙って祠の中を見ている。

しばらくして、不意に内海さんが、右手を祠へ伸ばした。

「内海さん⁉」

「内海さん、やめてください！」

私と鬼灯さんが同時に叫ぶ。だけど内海さんは、なんでもなさそうに笑ってみせた。

「大丈夫ですよ。警察の人もこの中に手を入れたんでしょう？」

「それは……そうですけど……」

「すみません鬼灯さん。弟さんを助けてあげたいのも本心ですが、それ以上に、これは僕の好奇心なんです。僕の人生で最も理解を超えたものが、今確かに目の前にある。僕はこういうものに触れたいと、ずっと思っていたんです」

内海さんの言葉を、私は意外な思いで聞いていた。内海さんは太郎くんのため、ひいては鬼灯さんのために鬼隠しを調べているんだと思っていた。でも、違ったんだ。そういえば、内海さんは最初からそう言っていた。SFの世界の出来事でしかなかったことを証明する、そういうことがしたいと。

そして内海さんは、祠の闇の中にゆっくりと手を差し入れた。

肩が小さく動いているのが見える。中を探っているのだろうか。心配になって、思わず中庭に一歩踏み込んでしまう。

「だ……大丈夫ですか……？」

「はい。特に痛みなんかはありません。なんとなく……不思議な感触はあるような気がしますけど……壁には手がつきませんね。すみません鬼灯さん、ちょっとそっちへ移動してもらえますか」

内海さんに言われて鬼灯さんが少し移動し、祠の横に立つ。おかげで私からも祠がよく見えるようになる。

「そこから見てどうですか？　僕の手は、祠の壁に届いているように見えますか？」

「……そうですね、途中で腕を曲げていないのであれば、届いていると思います」

「真っ直ぐに伸ばしてますよ。でも、そうですか。やはりこの中は常識の通じない空間のようですね」

言いながら、内海さんは平然と祠の中から手を引き抜いた。

自分の手を握ったり開いたりしながら様子を見ている内海さんに、鬼灯さんが少し険のある声で言う。

「内海さん、あまり無茶をしないでください」

「すみません、鬼灯さん。なんの手応えもありませんでした。やっぱり、弟さんを助けるのは今は無理みたいです」

「それは……残念ですけど、そうではなく……」

内海さんと鬼灯さんが、何やらもめている。

だけど今の私は、私の耳は、もう一つの声に集中していた。

『まままもぉぉぉうだだだいだだだだいよよよよ』

小さな、男の子の声。

内海さんが祠から手を抜いたときに、確かに聞こえてきた。

それに、私には見える。見えている。

祠の中から、こっちに向かって伸ばされた、小さな手が。

内海さんにはこの手が見えてないの？　鬼灯さんにはこの声が聞こえないの？

この声は——太郎くんなの？

祠の中を見る。その小さな空間を満たす光の闇の中を。あらゆる色が混ざったような、混沌とした時間の渦の中を。


『まままままもぁぁぁぁうだだだだいだだだだいよよよよよ』


また聞こえた。たくさんの声が重なって何を言ってるのかわからない。だけど、何故か正確に聞きとれる。

わかる。私にはわかる。

太郎くんは、そこにいるんだ。

そこで、ずっと、見つけてもらうのを待っているんだ——

困ってる人は、助けなきゃ。

考えるよりも先に、体が動いていた。

「——今留さん!?」

内海さんの手が私に伸びる。だけど遅い。たった一〇メートルにも満たないこの距離くらい、私の脚でもすぐだ。

内海さんが私の左手首を摑んだけど、ここまで来ればもう同じ。私は一瞬だけそっちを見る。ＩＰ端末の数値が、めちゃくちゃに乱れているのが見える。

そして私は、祠を満たす光の闇の中へ、勢いよく頭を突っ込んでいた。

◯

祠の中は、暗かった。

だけどたまに、明るかった。

明るかったり暗かったり。きっとこの祠の扉が開いたり閉じたりしているのだろう。扉が開くのと閉じるのが同時に起きている。だから暗かったり明るかったりするのだろう。基本的には閉じられている方が多いから、暗いことが多いんだと思う。たまに明るいときは、外からほおずきの赤色が迷い込んでくる。

たくさんの時間があった。この場所で過ぎた時間が、すべて同時にここにあった。時間から取り残されるというのは、こういうことなんだろうか。

このどこかに、太郎くんがいるはずだ。太郎くんの虚質があるはずだ。渦を巻いたこの広い海の、どこかに。

「太郎くん！」

私が名前を呼ぶ前に、私は名前を呼んでいた。

「太郎くん！」

「太郎くん！」

「太郎くん！」

「太郎くん！」

いろんな時間の私が、同時に名前を呼んでいる。

虚質の渦に飲まれ、時間の流れから取り残された太郎くんを助ける方法を、私は直感で理解していた。

存在感がなかったという太郎くん。家族にも忘れられ、友達には無視され、かくれんぼでは見つけてもらえず……そして鬼に憑かれて、虚質密度が小さくなり、太郎くんは時間の流れから取り残された。

きっと、存在感というのは、虚質密度に比例するんだ。

私もそうだった。高校、大学と、存在感のなかった私。そこにいるのに気づいてもらえないことがよくあった。子供の頃はそんなことはなかった。思えばそれは、あの交差点で倒れてからなんじゃないだろうか。あのとき、あの交差点で虚質が不安定になってから、私の虚質密度は小さくなった。存在感が薄くなっていった。

内海さんは言っていた。太郎くんを助けるには、虚質密度を大きくすればいいと。

つまり、存在感のない子に、あなたは確かに存在するんだとわからせてあげればいい。

だったら、助ける方法なんて一つしかない。私は根拠もなく、確信していた。

「太郎くん、帰ってきて！　お姉さんが心配してるから！」

私の声が届いたのだろうか。だけど、聞こえてくる声は。

『まぁだだよ』

『まぁだだよ』

『まぁだだよ』

かたくなに、隠れようとする太郎くん。私にはその気持ちがわかるような気がする。

きっと太郎くんは、怖いんだ。忘れられるのが。見つけてもらえないのが。

私もそうだった。中学のときの友達と高校で別れて、それからだんだんと存在感が薄くなって、気づかれないようになって。新しく友達を作っても、みんなで遊ぶときに忘れられるんじゃないかと思って、それが怖くて積極的に友達を作れなかった。最初から友達がいなければ、忘れられることもないから。

だから太郎くんは、隠れようとする。忘れられてるんじゃない。見つけてもらえないんじゃない。だって隠れてるんだから。だから、一人なのは当たり前なんだ。そう思い込むことで、安心してるんだ。

だけど、私には聞こえた。いつかの太郎くんが、確かに口にした言葉を。

今なのか、過去なのか、それとも未来なのか。

わからないけど、確かに太郎くんは言ったんだ。

「もういいよ」って。

だから——

「もういいよ！　もう、大丈夫だから！　私が……」

そして私は虚質の海に向かって、ありったけの声で叫ぶ。

「私があなたの名前を呼ぶから！」

○

「――さん、今留さん！」

……遠くから、内海さんの声がする。

ぼんやりと目を開けると、思っていたよりもすぐ目の前に内海さんの顔があって、少しびっくりしてしまった。

「……内海、さん？」

「大丈夫ですか？　なんて無茶をするんですか！　意識ははっきりしていますか？　どこか痛いところは？　身体に異常は？」

焦った様子でまくしたてる内海さん。ああ、内海さんでもこんな余裕のない表情をするんだな。なんだかいいものを見た気分だ。

「……なんだか、背中が、あったかいです」

「それは……すみません、僕が、抱きかかえているからかと……」

「え」

抱きかかえている？　内海さんが？　私を？

途端に恥ずかしくなってくる。だけど体が上手く動かない。それをいいことに、もう少しこのまま抱かれていようと思った。

「私は大丈夫……それより、太郎くんは……？」

私が聞くと、内海さんは困ったように口を噤《つぐ》んだ。何をどう言えばいいのかわかっていないような様子だ。いったいどうなったんだろう。

少し落ち着いてくると、近くで女の人のすすり泣く声が聞こえるのに気づいた。

「……鬼灯、さん……？」

祠の前に鬼灯さんが膝を着いて、小さく肩をふるわせている。

「今留さん……ありがとう……本当に、ありがとう、ございます……」

しゃくり上げながら、鬼灯さんは私にお礼を言う。

ということは、もしかして。

「内海さん……太郎くん、は……？」

再度私が聞くと、内海さんは観念したように息を吐き、私の体を起こしてくれる。

「……見えますか？」

内海さんに促され、祠の中に目を向ける。

そこには、干《ひ》からびてぼろぼろになった、男の子の遺体があった。

4

——その後。

私は念のため、内海さんの運転で病院へと運ばれた。

駆けつけたお父さんとお母さんに詳細を話すと、しこたま怒られた。内海さんも一緒に怒られて、一緒に謝るはめになってしまった。これは本当に内海さんに申し訳ない。

お母さんは鬼灯さんを通して、あらためて祠の調査をしたそうだ。だけど、祠はもう何の変哲もないただの祠に戻っていた。空間の虚質密度が大きくなって、時間の流れが正常化したのだろうと内海さんは言った。

私が病院のベッドで寝ている間に、内海さんはお母さんと話し合いをして、何が起きたのかおおよその見当をつけたところ、私のやったことが結果的には正解だったのだろうという結論になった。

虚質密度の小ささは、存在感の無さに通じる。さらに、隠れようとする意思が虚質に影響を及ぼし、閾値を超えて虚質密度の小さくなった太郎くんは、空間ごと虚質の渦に飲み込まれ、時間の流れから取り残された。

そうなった空間を正常化するには、虚質密度を元に戻せばいい。

その手段は、原因となった虚質を観測してその揺らぎを小さくすること——今回の場合で言えば、名前を呼んで自我を固定してあげること、だったらしい。

私が太郎くんの名前を強く呼んだことにより、虚質の海を漂っていた太郎くんの虚質をサルベージすることができて、空間の虚質も元に戻った。

だけど、祠の中で九年を過ごしていた太郎くんの肉体は、とうに朽ち果てていた。

それでも鬼灯さんは、感謝していた。私の病室にも来てくれて、再度お礼を言われた。だけど私は、どんな顔をすればいいのかわからなかった。

私は、太郎くんのことを、助けてあげられたんだろうか——

「もちろんです」

内海さんは、そう言ってくれた。

「今留さんはすごいです。僕には何もできなかった。間違いなく、今留さんが太郎くんを助けたんですよ」

そう、なのだろうか。あれでよかったんだろうか。

「内海さん……」

「はい。なんですか」

「私、人助けがしたかったんです」

「どうしてですか？」

「困ってる人を助けて、名前を聞かれたら……名乗るほどの者ではありません、って言いたかったんです」

内海さんの反応が一瞬止まり、そして小さく吹き出した。

「あはは。なんですかそれ」

「変ですよね……でも、お父さんに言われたんです。見返りを求めずに人を助けられる人になれ、って。だから、そういうことかなって、あの頃は思ってて」

「そうですか。それで人助けを」

内海さんはまた小さく笑って、そしてふっと息をつく。

「思えば今留さんは、初めて会ったときも僕を助けようとしてくれましたね」

「あれは、ただの勘違いでしたけど」

「いいえ。今留さん」

内海さんが、優しい声で私の名前を呼んでくれる。

「あなたは、とても素敵な女性です」

――そんな。

そんな、私が一番ほしい言葉を、くれたら。
他に、何も考えられなくなってしまう——

幕間

今日は、大学の卒業式だった。

「栞！　卒業おめでとう！」

「うん、美智子もおめでとう！」

「いや～一時はどうなるかと思ったけど、みんな揃って卒業できてよかったね！」

「そうだね、本当に」

無事に卒業できた私は、数少ない友達の美智子と一緒にお互いの卒業を祝い合う。

大学二年のあの出来事から、私はまた積極的に友達を作ろうと頑張った。太郎くんに大丈夫だと言った手前、いつまでも私が存在感のないままでは立つ瀬がない。

その結果、片手で数えられる程度だけど、仲のいい友達ができた。おかげでそれからの大学生活はそれなりに充実していた。

それに、何より。

「……あ、栞〜」

「え？」

「ダンナが迎えに来てるよ〜」

「え……」

美智子に言われて目を向けると、卒業式の会場である文化センター前に植えられている並木の下に、内海さんの姿があった。まだこちらには気づいていない様子だ。美智子が私の首に腕を回して耳元で囁く。

「あんたたち、まだ付き合ってないの？　もう卒業だよ？」

「う……うん……」

鬼隠しが解決して以来、私と内海さんは休みの度にちょくちょく会うようになった。内海さんの研究の成果を聞いたり、私の近況を報告したり、たわいのない雑談も。あくまでも友人としてではあったけど、それは傍目《はため》から見れば、その……恋人同士、に見えていたと思う。

そうしているうちに美智子と友達になって、内海さんの存在も知れることとなった。ただの友達だと説明したのだが、美智子はことあるごとに「本当は？」と茶化してきた。

そして、美智子と二人で女子会をしていたある日、お酒の勢いで私はとうとう、内海さんに特別な想いを抱いていることを認めてしまった。

それからの美智子は大変だった。何か機会がある度に、いや機会などなくても、告白しろ告白しろと口うるさく迫ってくる。だけど私にそんなつもりはなかった。そんなことをして断られてしまったら、友達ですらいられなくなる。それは嫌だ。美智子からはしきりに「バカだねぇ、本当にバカだねぇ」と言われながら、結局そのままずるずると、卒業まで来てしまった。

「栞、これが最後のチャンスだと思いな。これから食事とか連れてってもらうんでしょ？　そこで告白してしまえ。大丈夫、絶対に上手くいくから」

「う～……ほ、本当に……？」

「本当に！」

美智子に力強く断言されても、私はどうにも勇気が出ない。

そりゃあ私だって本音を言えば、そろそろ友達以上に進んでもいいんじゃないかと思っている。でないと卒業を機に今度こそ本当に疎遠になってしまうかもしれない。だけど、そもそも内海さんが今までそういう素振りを全然見せていないのは、つまりそういうことなんじゃないか？　私は結局、友達としか思われてないのでは？

「とにかく、行っといで！　あとで連絡するから、報告すること！」

美智子にばんと背中を押され、私はたたらを踏みながら内海さんの前に進み出た。私に気づいた内海さんは、柔らかい笑顔で小さく手を振ってくれた。

後ろを振り向くと、美智子はぐっと親指を立ててから行ってしまった。

「すみません、お友達はよかったんですか？」

「え、ああ、はい。大丈夫です。内海さん、来てくれたんですね」

「はい。卒業おめでとうございます、今留さん」

「ありがとうございます」

お礼を言いながら、心の中でしまったと思う。内海さんが来てくれるなら、私も振袖《ふりそで》を着ればよかった。お金もかかるし面倒臭いからと、フォーマルで来てしまった。色気も何もあったものじゃない。

「今留さん、この後のご予定は？」

「あ、特にないです」

本当はお父さんに食事をしようと言われていたのだけど、念のため「友達と行くかもしれないから」と言ってある。キャンセルはできる。

「そうですか。では、夕食を一緒にどうですか？　卒業のお祝いにごちそうしますよ」

「はい、喜んで。ありがとうございます」

きた。平静を装って返事をしたけど、心臓はばくばくだった。このディナーが最後のチャンスなのか？　告白しなければいけないのか？　そんな風に一人で勝手に取り乱している私とは対照的に、内海さんはいつもの落ち着いた調子で続ける。

「それと……もしよければ、食事の前に行きたいところがあるんですけど」

○

内海さんの車に乗せてもらってやってきたのは、私と内海さんが初めて出会った、穂尾付町の廃病院だった。

「今年、この建物が取り壊されると聞きました。それで見納めに」

「そうだったんですね……」

病院の建物を見上げる。ほんの数日間だけど、ここではいろんなことがあった。なくなってしまうと聞くと感慨深いものがある。

内海さんと話をした四阿《あずまや》のベンチの横に立つ。ここもなくなってしまうのだろうか。

「ここで、自己紹介をしましたね」

「はい。懐かしいですね」

「再会したのもここでした。今留さんがすっかり大人になっていたので驚きましたよ」

あの日のことを思い出す。そう言えば——

「そう言えば内海さん、あのとき驚いた顔をしてましたね」

名前を呼ばれて私が振り向いたとき、内海さんは何故か少し目を見開いて、何かにとても驚いたような顔をしていた。それが不思議だったのだけど。

「私、そんなに成長してました？」

「ええ。だけど、それだけではなくて……」

だけじゃなくて、なんだろう。私は内海さんの次の言葉を待つ。

内海さんは真面目な顔で私を見て、ふと目を逸らして病院の建物に目をやり、それからまた私を見て、優しく笑った。

「今留さん」

「はい？」

「今留、栞さん」

「……はい」

名前を呼ばれて、心臓が跳ねる。内海さんに「栞さん」と呼ばれたのは初めてだ。

そして内海さんは、真っ直ぐ私の目を見つめて、言った。

「あなたが好きです。僕の、恋人になってくれませんか」

——その瞬間の、私の顔を。

後に内海さんは、生涯忘れないと言った。

だけど私には、自分がどんな顔をしているのかなんてわからない。時が止まって、動き出して、言葉の意味を理解して、急に頬が熱くなって、唇が震えて、涙が零《こぼ》れた。

内海さんが差し出してくれたハンカチで涙を拭《ぬぐ》い、言葉も出せずに私は何度も頷く。

「よかった。断られたらどうしようかと思ってました」

「ことっ……断るわけっ……ないじゃ、ないですかっ……！　私っ、今日っ、告白しようかしまいか、ずっと悩んでてっ……！　なのに、そんなあっさりっ……！」

しゃくり上げながら抗議の声を上げると、内海さんは困ったように笑う。

「すみません。でも、僕はずっと決めてたんです。今留さんが大学を卒業するまで恋人を作らず、僕らの関係が続いてたら、告白しようって」

「……なんで、もっと早くしてくれなかったんですか」

「うーん……年の差……」

「六歳差なんて普通ですよ！」

「ですかね。でも、それだけじゃなくて」

内海さんは、あらためて病院の建物に目を向ける。

「僕は結構ずっと今留さんのことが好きでしたし、今留さんも僕に多少なりとも好意を持ってくれているとは思っていました。だけど、ここで僕たちの間に起こったことは、衝撃的すぎた。僕はともかく今留さんの方が、いわゆる吊り橋効果みたいな感じで僕を特別に思っているのだとしたら、いずれその気持ちが冷めるかもしれないと思ってたんです」

「じゃあ、もし私の気持ちが冷めてたら、素直に諦めてたんですか？」

「うーん、それは……やっぱり、駄目で元々で告白したかもしれませんね」

「……なら、いいです」

少し拗《す》ねたふりをしてみせたけど、その答えを聞いて安心した。もしもの話でも、簡単に諦めるなんて言ってほしくなかった。

だけど、気になる。内海さんは今、結構ずっと私のことが好きだったと言った。それはいったいいつからだったんだろう？　まさか、中学生のときじゃないよね？

「内海さん、聞いてもいいですか？」

「はい。なんですか？」

「あの……いつから、その……私のこと、そういう風に、思ってくれてたんですか？」

「そう、ですね……」

内海さんは、四阿の木製テーブルを懐かしそうに指でなぞる。

「最初のきっかけは、今留さんが二〇歳の時に、ここで再会した瞬間です」

「再会した……瞬間、ですか？」

どうしてだろう。まさか、私があんまりにも美人になってたから？　いやいや、何を調子に乗ってるんだ私は。そんなわけがないじゃないか。

「さっき、今留さんが言いましたよね。あのときの僕が、驚いたような顔をしたって」

「はい……」

「あれは、もちろん今留さんの成長に驚いたというのもありますけど」

けど、なんだろう。内海さんは一瞬まぶたを閉じて。そして、なんだかとても嬉しそうに笑いながら、こう言った。

「だって今留さんが、あんなに嬉しそうに笑うから」

意表を、突かれた。

あの日のことを思い出す。六年ぶりに会う内海さんにどんな反応をすればいいのかわからず、近づいてくる足音に気づかないふりをした、暑い夏の日。

内海さんに名前を呼ばれて、振り向いて。そのとき自分がどんな顔をしていたのかなんて、全然覚えてないけど。

私はそんなに、内海さんとまた会えたのが嬉しかったんだ。

「あんな笑顔で僕の名前を呼ぶから、撃ち抜かれてしまったんです。それが最初です」

「……私、そんな顔してたんですか？」

「はい。あの笑顔を見せられたら、誰だって今留さんを好きになりますよ」

そんなことを言われると恥ずかしくて、また頬が熱くなってくる。だけど、あのときの自分に感謝したい。そのおかげで、内海さんが私を好きになってくれた。

「あとはやっぱり、太郎くんを助けたときですね。正直、褒《ほ》められたことばかりじゃないですよ。後先考えないのは危なすぎます」

「はい、すみません……」

急に叱られて、浮かれた気持ちがしゅんとしてしまう。

だけど内海さんは、また優しい声に戻って、私を喜ばせてくれる。

「でもあれは、僕にも鬼灯さんにもできないことだった。赤の他人の今留さんが、後先考えずに太郎くんを助けるために時間の渦に飛び込んだとき、ああ、素敵な人だなって思ったんです」

あのときは、無我夢中だった。勝手に太郎くんに共感して。だからあのときの私はもしかしたら、太郎くんを助けることで自分を助けようとしていたのかもしれない。だったらなんて身勝手なことだろう。

　だけど。

「思えば僕は、今留さんが誰かを助けようとしているところばかり見てきました。優しい人だなって思いました。そして、だからこそ逆に」

　そして内海さんは、おもむろに私の手を取って。

「守らせてほしいって、思ったんです」

　そう、言ってくれた。

　いけない。また泣いてしまいそうだ。内海さんは私の笑顔に惚れてくれたんだから、笑わなきゃいけないのに。

　そんな私の涙を拭うハンカチのように、内海さんの声が私を包み込む。

「今留さん」

「……名前で、呼んでください」

「……栞さん」

「はい。進矢さん」

　名前を呼ぶ、私の声が震えている。

「あなたが好きです。僕の恋人になってください」

もう一度告白されて、そう言えば、言葉ではちゃんとお返事してないなと気づいた。
「はい。喜んで。よろしくお願いします」

◯

そのときの私の笑顔に、もう一度撃ち抜かれたと。
進矢さんは、私にプロポーズをするときに、そう語ってくれた。

第四章　老年期

1

4月3日

今日は初めてのデートでした。

進矢さんと二人で出かけることはこれまでにもたくさんあったけど、付き合い始めてからはこれが初めて。だから今日が初デートです。

びっくりした！　友達と恋人だと、二人で遊ぶことの意味が全然違う！

今までに何回もやっているようなことでも、進矢さんと恋人同士だと思うと、今までにないくらいドキドキしました。これでまだやったことのないことをしたらどうなってしまうんだろう。少し怖いくらいです。

あなたはどうですか？　そんな相手がいますか？

お返事待ってます。

○

3月25日

進矢さんが、九州大学を無事卒業しました。

お母さんは進矢さんに研究所に来てほしがってたみたいだけど、進矢さんはそれを断りました。歴史資料館の求人に応募するそうです。

進矢さんの望むままに、やりたいことをやるといいと思います。進矢さんは、そのときが一番かっこいいから。

私も進矢さんを支えるために、ＦＰ２級の勉強を始めました。３級を取ったのも随分前なのでいろいろ忘れてしまっています。

試験は五月です。頑張ろう！

あなたは何か、頑張っていることはありますか？

お返事待ってます。

〇

7月30日

今日、お父さんに、進矢さんとお付き合いしていることを言いました。

私の誕生日を、お父さんも進矢さんもどうしても祝いたいというので、お母さんの提案で進矢さんを家に呼んでしまいました。

お父さんと進矢さんが顔を合わせるのはこれが二回目です。

少し不安だったけど、進矢さんがしっかり礼儀正しく振る舞ってくれたので、お父さんも認めてくれました。

最後には私の意思を尊重してくれる、そんなお父さんが大好きです。

あなたはどうですか？　お父さんとは仲がいいですか？

私の家庭がこんなに幸せなのは、あなたのおかげです。
もしもあなたにお礼ができるなら、なんでも言ってください。
お返事待ってます。

○

12月14日

進矢さんと、ケンカしてしまいました。
信じられない。もうすぐクリスマスなのに。
私も悪かったけど、進矢さんも悪いと思います。
だけど、クリスマスには仲直りしたい。
どうしよう。
あなたは、どうすればいいと思いますか？
お返事待ってます。（なるべく早く！）

〇

7月30日

今日、二六歳になりました。
今年の誕生日は、一生忘れられない日になりました。
進矢さんが、プロポーズしてくれた。
泣いてしまいました。今も思い出して涙が出そう。
こんなに幸せでいいのかな。
あなたはどうですか？
お返事待ってます。

〇

5月11日

やっと落ち着いてきたので、久しぶりに日記を書きます。

子供を産むって、本当に大変ですね。今は、もう二度と産みたくないと思っています。

だけど、子供はとても可愛いです。元気な男の子。

名前は「修真《しゅうま》」と名付けました。真実を修める、という意味です。少し大袈裟《おおげさ》ですね。

私も進矢さんも名前が「し」で始まるので、子供もそうしてみました。

これから私は、母になります。

うまくやっていけるかどうか、見守っていてください。

○

4月6日

修真もいよいよ小学生です。

ふと、私が小学一年のときのことを思い出しました。

あのときは、お父さんとお母さんの離婚の危機でしたね。今思えば、私の人生で最大の危機でした。今は二人とも仲良くしていますが。

私と進矢さんも、仲良しです。たまに小さなケンカはしますが、すぐに仲直りします。

修真には、あのときの私のような思いは絶対にさせません。

……まぁ、進矢さんなら大丈夫だと思うけどね。

○

8月17日

進路のことで、進矢さんと修真がケンカをしてしまいました。

修真は大学に行かず、アーティストを目指したいそうです。進矢さんは、大学に行きながらでも目指せるはずだと言います。どちらの言うことも間違ってはいないと思います。

私は、二人の意見がどうしても折り合わないのなら、最後は修真の意思を尊重したいと思います。お父さんやお母さんが、私にそうしてくれたように。

だから今度は、私が進矢さんとお話です。

さて、どうなるかな。進矢さんも意外と頑固なところがあるからね。

応援しててください。

○

3月8日

お父さんが亡くなりました。八五歳。大往生だと思います。
修真も東京から帰ってきてくれました。仕事が忙しいのに、ありがたいことです。
お母さんが泣いているのを、初めて見たような気がします。
人は死ぬのだということを実感したのも、初めてです。
死ぬのは怖いです。
怖い。

○

12月28日

修真が、孫を連れて帰ってきました。

とても可愛いです。お母さんにも見せてあげたかったな。

進矢さんはすっかり甘々なおじいちゃんになってしまいました。そのぶん私が厳しくしないとと思ってはいるのですが、孫の笑顔を目の前にしてしまうとどうにも決意が揺らいでしまいます。

子供というのは、どうしてこんなにかわいいのでしょうね。

◯

7月30日

修真たちがいきなり帰ってきたから何かと思えば、今日は私の古希《こき》のお祝いだそうです。古希。いつの間にか七〇歳です。早いものですね。

この日記も、なかなか書かなくなりました。最後に書いたのは二年前です。次に書くのはいつのことになるでしょうか。

いつになったとしても、今日のように嬉しいことで日記を書けるといいなと思います。

あなたはどうですか？

あなたに話しかけるのも久しぶりですね。

私もいつまで生きられるかわかりません。そろそろ、一度くらいお返事をくれてもいいんじゃない？

では、これも久しぶりな一文で締めさせてもらいますね。

お返事待ってます。

栞

2

「栞さん？」

耳朶《じだ》を打つ柔らかな声音《こわね》に、ふと我に返った。

振り向いてみれば、そこには進矢さんが立っている。今読んでいた日記の中で、記憶の中で、そして現実の時の歩みの中で、私と共に歳を重ねてくれた、最愛の人。

「送り火の準備ができましたよ」

「ああ、はい。すぐ行きます」

手元の日記帳をぱたんと閉じる。そこへ進矢さんが興味深そうな視線を向ける。

「紙の書籍ですね。何を読んでいたんですか？」

「書籍というか……日記です。私の」

「へぇ、それが噂の。手書きだとは聞いていましたが、かなりの量ですね」

「そうでしょうか」

どこか照れくさくて、表紙の名前を手で隠してしまう。私が七歳の時からずっと日記を書いていることを進矢さんには教えていたけど、実際の日記帳を見られるのはこれが初めてだった。

一冊目は普通のキャンパスノート。その一冊を書き終わる頃にはキャンパスノートは日記帳には向いていないということに気づき、二冊目からは一年の日付が入った日記帳を買ってみた。だけど今度は、書かない日があるとそのページが無駄になるということに気づき、最終的には日付のない日記帳に落ち着いた。

一番日記を書いていたのは、書き始めた小学生の頃と、人生で一番いろいろとあった大学生の頃。大人になってからは書く頻度もだんだんと減っていき、久しぶりに開いてみれば、最後の日付は三年も前だった。

「全部で二〇冊程度。七〇年の人生の記録としては、少なすぎますよ」

「でも、僕は一冊もありませんから。十分な量に思えます」

「最後の日付が三年前ですよ？　自分でも驚きました。三年間、何もなかったわけじゃないと思うんですけど……なんだかだんだん、時間の流れが速くなってる気がします」

日記のない三年間。何かを思い出そうとしてもよく思い出せない。大学時代のことや、もっと昔のことなら簡単に思い出せるのに。

「ジャネーの法則ですね」

「じゃねーの？」

「簡単に言えば、年を取るほど時間が速く感じる、という法則です」

「はぁ。そんなことが法則になるんですか」

「簡単な算数ですよ。例えば、七歳の子供にとっての一年は人生の七分の一ですが、七〇歳の一年は人生の七〇分の一です。僕たちの時間は、七歳の時より一〇倍速く流れているということですね」

「なるほど。言われてみれば」

面白い考え方をする人もいるものだ。そう考えれば、日記が飛び飛びになるのも仕方ないのかもしれない。

「しかし、どうして三年ぶりに日記を？　何かありましたっけ？」

「ああ、いえ。ただなんとなくです」

曖昧《あいまい》な笑みでごまかす。もうそろそろお迎えが近いのかもしれない、なんてことをわざわざ言って進矢さんに心配をかけることはない。それだって、別に根拠のあることではないのだから。

縁側からサンダルを履いて庭へ出る。夕暮れ時。茜色《あかねいろ》に染まりゆく空に、ひぐらしの鳴き声が寂しげに響く。進矢さんが焙烙《ほうろく》に重ねられた麻木《おがら》に火をつける。傍らにしゃがみ込むと、細く立ち上る煙が私の鼻に届き、涙腺をくすぐる。何故だか夏の終わりを感じてしまう香り。まだこれからが暑いのに。

小さく揺れる炎を見つめながら、頭の中だけで話しかける。お父さん、お母さん、来年また会おうね。来年は、私がそっちに行くかもしれないけどね。

麻木が燃え尽きるのを待って家の中へと戻る。昨日まではお盆休みで息子夫婦と孫たちが帰ってきていたので、二人しかいないリビングはとても広く、少し寂しい。だけど、進矢さんと二人だけの空間が戻ってきたことが嬉しくもある。子供たちには悪いけど。

一足先に戻っていた進矢さんが、ティーセットを持ってくる。

「今日のお茶はなんですか？」

「ニルギリにカボスを搾《しぼ》ってみました」

にこにこと笑う進矢さん。進矢さんはこの年になって茶葉という新しい趣味に目覚めていた。毎日のように、私が聞いたこともない名前の茶葉を使っていろんなお茶を飲ませてくれる。私の楽しみのひとつだ。

お土産のクッキーをお茶請けに、しばし進矢さんとティータイムを楽しむ。カボスの香りがする冷たいお茶はとても爽やかで、束の間暑気を忘れさせる。

「明日は病院でしたよね？」

「はい。朝食を食べたら出ます」

「体の具合はどうですか？　どこか悪いところは？」

「大丈夫ですよ」

心配そうな進矢さんに苦笑しながら手を振る。

今年、特に今月に入ってから、妙な胸の苦しさを覚えることが増えた。

私はそれほど心配してもいなかったのだけど、進矢さんがどうしてもと言うので、先々週にお医者にかかった。お医者さんも心配はいらないと言って、よくある漢方を処方してくれた。進矢さんは少し心配性なところがある。ありがたいことではあるのだけど。

それでも時折、胸がざわざわとしてどうにも落ち着かない気分になる。歳も歳なのだから、どこかに病気があっても全然おかしくはない。念のためにということで、明日も診《み》てもらうことになっている。

「そうだ、せっかくだから日記を再開したらどうですか？」

「日記を？」

「はい。お薬や体調のことを日々記録しておけば、お医者さんにかかるときも役に立つんじゃないでしょうか」

「ううん、そうですねぇ……」

少しだけ考えるふりをする。毎日体調を記録するだなんて、考えただけで面倒臭い。三年も日記をサボっていた私にできるとは到底思えない。だけど進矢さんは私を心配して言ってくれているのだし、無下《むげ》にするのも気が咎《とが》める。

「……じゃあ、久しぶりに書いてみましょうか。とりあえず今日だけ」

「今日だけですか？」

「明日は明日の風が吹きます」

「左様《さよう》でございますか」

肩をすくめて呆れたように笑う進矢さん。

困った子供に向けるようなその視線が、私はとても好きだった。

○

8月16日

久しぶりに、この日記を書きます。

前に書いたのはいつだっただろうとページをめくってみれば、もう三年も前。ちょうど古希のお祝いでした。この年になると日々特に書くこともなく、三年なんてあっという間です。

年を取るほど時間の流れが速く感じることを、ジャネーの法則と言うそうです。ご存じでしたか？　なんて、知識自慢をしてしまいました。私も進矢さんから聞いただけです。あなたくらいしか披露する相手がいないの、許してくださいね。

あなたはいかがですか？　お変わりありませんか？

私はと言えば、もうそろそろお迎えが近いのかもしれない、なんてことを最近よく思うようになりました。今年、特に今月に入ってから、妙な胸の苦しさを覚えることが多いのです。お医者さんは大丈夫だと仰《おつしや》るのですが。

もしかしたら、この日記を書くのもこれが最後になるかもしれません。そうなったら、あなたともお別れですね。

結局あなたからは、一度もお返事がもらえないままです。

今日、あなたに書いた日記を読み返していました。最初の日記から、ずっと。

不思議ですね。もう何十年も前なのに、あの日のことをはっきりと思い出せました。

私が初めてあなたと会った……いえ、会ったと言うのは違いますよね。あれは何と言えばいいんでしょう……気づいた？　感じた？　どちらも違うような……もしかしたら、私がおかしくなってしまっただけなのかもしれませんね。若い頃はそんなはずがないと思っていましたが、今になってみれば、案外単純にそれだけだったのかもしれないと思うようにもなりました。それだけ、両親の不仲が私にとって苦痛だったということなのでしょう。

とにかく、私が初めてあなたに……やっぱり「会った」と言わせてもらいます。あなたに会ったあの時を、久しぶりに思い出したのです。

あのとき私は、父と母の離婚の危機に際し、どちらについていくかを選ぼうとしていましたね。あのとき、頭の中であなたの声が聞こえなければ、私はどちらかについていくことを選び、両親はきっと、あのまま離婚していたのでしょう。

父を選んだ私。母を選んだ私。それぞれの私が、並行世界に存在するのでしょうか。もしかしてあなたは、そんな世界の私なのでしょうか。そんな世界で、幸せになれなかった私なのでしょうか。だから、自分と同じ道を歩ませないために、私を止めてくれた……そんな風に思うのは、考えすぎでしょうか。

案外あれも、私自身の内なる声で、この日記も、ただの一人遊びなのかもしれませんね。いずれにせよ、あなたにお礼を言わせてください。

あなたのおかげで、私は幸せです。

あなたのおかげで、両親は死に別れるまで一緒でした。両親が離婚していたら、もしかしたら私は進矢さんに出会えなかったかもしれません。そんな人生、とても想像できません。進矢さんに出会えなかった私は、いったいどんな人生を送っているのでしょう。ずっと一人なのでしょうか。それとも、誰か違う人と出会って、その人を愛していたりするのでしょうか。

あなたはどうですか？

あなたは、進矢さんに出会えましたか？　それとも他の誰かと出会いましたか？　ずっとひとりぼっちで泣いていたりはしませんか？

もしもあなたが今、幸せではないのなら、私に何かできることはありませんか？

どうかあなたが、幸せであるように願います。

お返事は、きっといただけないのでしょうね。

だけどやっぱり、言わせてください。

お返事待ってます。

栞

3

八月一七日、午前九時四〇分。

病院の診察は、五分もかからずに終わった。

「調子はどうですか？」

「特に変わりありません」

「問題ないようですね。では同じお薬をお出しします」

「はい、ありがとうございます」

「また二週間後にいらしてください。お大事に」

　これでおしまいだ。別におざなりにされたということではなく、本当に特に問題ないのだろう。今日は体の調子もよく、なんだか気分も高揚している。

　かかりつけであるこの病院は、家から少し遠い。だけど昔、近くの交差点で倒れて担ぎ込まれて以来、ずっとここの世話になっている。せっかくタクシーでここまで来たのに、これで帰ってしまっては何だかもったいない。特に用事があるわけでもないけれど、帰りのタクシーに乗るのはやめて、久しぶりに駅前のアーケード街まで歩いてみようと思った。

　病院へ来ると、まだ足腰が意のままに動くことを感謝してしまう。私はいつまでこうやって自分の脚で自由に歩けるだろうか。それができなくなるときが来るのを少しでも遅らせるべく、なるべく体を動かすようにしていた。

　朝から暑い。自動販売機でミネラルウォーターを買って喉を潤《うるお》しながら、駅へ向かって大通りをしばらく歩くと、大きな交差点が見えてくる。

　昭和通り交差点。この地方都市の中心地を四分割している、最も大きな交差点だ。

　信号が青になったので渡り始める。道を挟んで向かい側、交差点南西の広場で歩行者を見守っているレオタードの女の銅像が見える。昔倒れた交差点というのがここのことだ。

　中学生の頃を思い返しながら、のんびりと歩く。

横断歩道を渡り終え、少し歩いたところで、なんだか急に落ち着かなくなった。

あれ？

なんだろう。何か、落としものをしたような。

ポケットを探ったり、手提げ鞄を開けてみたりする。何かがなくなっているような様子はない。だけどどうしても、何かをなくしてしまったような気がする。

あれこれ探していると、自分の手首に巻かれたＩＰ端末が目に入った。

お母さんの言っていた通り、出生時に虚質基準登録が義務づけられたのはもう随分前のことだ。今では全国民が当たり前のようにいろんな形のＩＰ端末を身につけ、自分がどこの並行世界にパラレル・シフトしたのかを確認している。

そのＩＰ端末の表示が、ERRORになっていた。

「あら……壊れたのかしら」

再起動してみても表示はERRORのまま。やはり壊れてしまったらしい。もしかしたら、これが故障したのを感じ取ったのだろうか？　まさか。そんなわけがない。まぁ、壊れてしまったものは仕方がない。明日にでも役所に行って、代替端末をもらってこよう。そう割り切って、私は再び、なくしものに思いを巡らせる。しかしいくら考えてみても、何をなくしたのかはわからなかった。

ただの気のせいだと思って足を進め、お気に入りの店を眺めながら商店街をうろついてみる。だけど、なくしもののことが心の片隅にずっとひっかかってどうにも楽しめない。

結局、どうしても気になって、念のために戻ってみることにした。

来た道に何か落としていないかと注意して歩くが、それらしいものは見当たらない。おかしいなぁ、と思いながら交差点まで戻ってくる。

ふと。

レオタードの女の銅像がある広場に、車椅子の男性がいることに気づいた。

同い年くらいだろうか。老齢のその男性は、車椅子に座ったまま身をかがめて、何やら苦しんでいるように見える。

考えるよりも先に、体が動いていた。

「もしもし、もしもし、大丈夫ですか!?」

必死で駆け寄って、その背をさする。酷《ひど》い脂汗《あぶらあせ》をかいている。きっと何かの発作なのだろう。返事は待たない方がいい。とっさにそう判断した。

「今、救急車を……」

「く、すり……」

「え?」

男性が、苦しそうに声を絞り出す。

「薬……取って……下……」

その手が指さす先を見ると、車椅子の車輪の陰にピルケースが落ちていた。すぐに拾い上げて蓋を開ける。

「薬……どれですか⁉ 色々あります！」

「全部……ひとつずつ……」

「全部ひとつずつ……これと、これと……」

種類の違うものをすべて取り出し、男性の口に近づける。

「はい、どうぞ。飲めますか？」

男性は薬を受け取ろうと手を出してきたけど、私はそれを無視して自分の手で男性の口まで薬を運んだ。また落としてしまってはいけない。男性が素直に薬を含んでくれたので、私が持っていたペットボトルの水で飲んでもらった。見知らぬ老婆の飲んだものなど気持ちが悪いかもしれないが、緊急事態ということで我慢してもらう。

「救急車は？」

「大丈夫……大丈夫です、ありがとう……」

男性はなおも苦しそうに、けれど手を振って必要ないと意思表示をする。具合がよくならないようならすぐに呼ぼうと、しばらく様子を見る。

　それから数分たって、ようやく男性は落ち着いてきたようだった。ゆっくりと目を開き、私がまだいたことに驚いたように顔を上げる。

「や……これはどうも、大変お世話になってしまいまして」

「いえ。本当に、もう大丈夫ですか？」

「おかげさまで」

「そうですか、それは何よりです」

　意識も言葉もはっきりしている。どうやら本当に大丈夫なようだ。私はやっと安心して気を抜いた。

　車椅子の男性は深々と頭を下げ、こちらに向かって言う。

「本当に助かりました。何かお礼をしたいのですが、よろしければお名前をお聞かせ願えませんか？」

「いえそんな、困った時はお互いさまです」

　と、答えて。

　不意に、懐かしい記憶が蘇ってきた。

　それは若かりしとき。

見返りを求めないで他人を助けられる人になりなさい、という父の教えを実践するため、困っている人を探して歩いていた、愚かしくも情熱的だった、中学生の頃の私。

チャンスだ。千載一遇《せんざいいちぐう》の。

年甲斐《としがい》もなく胸を高鳴らせながら、私はついに、その言葉を口にした。

「名乗るほどの者ではありませんわ」

言えた。本当に言えた！　ずっと言いたかった、あの言葉が！

「いえ、しかし……」

車椅子の男性が食い下がろうとする。私は堪《こら》えきれなくなって、小さく吹き出してしまった。男性からしてみれば、私が何故笑ったのか意味不明だろう。

「なにか？」

「いえ、その、ふふふ。死ぬ前に一度は言ってみたかったんです。名乗るほどの者ではありません、って。ぎりぎりで間に合ってしまいました」

いきなりそんなことを言われても、困ってしまうだろう。

なのに、車椅子の男性は優しく微笑んで、頷いてくれた。

「ははぁ、それはそれは。苦しんだ甲斐があったというものです」

「まぁ」

初対面だというのに、私と男性はまるで久しぶりに会った旧友であるかのように自然と笑い合った。少し進矢さんの顔が浮かび、いやいやこの程度で浮気にはなるまい、と自分に言い聞かせる。

しかし、それにしても――

気になることがあって口を開きかけた矢先、男性が先に声を出していた。

「あの……もしかして、どこかでお会いしたことがありませんか？」

「え？」

言われて驚いた。実は私も、なんとなくそんな気がしていたからだ。してみると、私だけの勘違いというわけではないのだろうか？　私はあらためて男性の顔を拝見する。けれどどうにも記憶にない。

「失礼ですけど、お名前は？」

「高崎暦と申します」

たかさきこよみさん。たかさき、たかさき――

「……ごめんなさい。どうにも存じ上げませんわね」

記憶をさらってみても、引っかかる名前はないように思えた。

「そうですか。そちらのお名前は？」

「内海栞と申します」

「うつみ、しおりさん……僕も、記憶にありませんね」

はて。片方だけならともかく、二人揃って勘違いすることなどあるだろうか？

二人して首を傾《かし》げていると、不意に男性が、思いついたように口を開いた。

「もしかしたら──並行世界で会ったことがあるのかもしれませんね」

「あら、その可能性はありますわね」

それはなんだか、ドラマを感じてしまう可能性だ。もしそうだとしたら、その並行世界の私とこの男性は、どんな関係だったのだろうか？

「あるいは、お互いこんな年です、耄碌《もうろく》して忘れているのかも」

「まぁいやだ。ふふふ……」

そして再び笑い合う。なぜだろう、とても幸せな時間。

ふと私は、相手もそうなのか知りたくなった。

この柔和《にゅうわ》な男性は今、幸せなのだろうか？

「あなたは、今……幸せですか？」

一瞬、私がそれを言ったのかと思った。

だけど違った。口を開いたのは男性だ。どうもこの方とはいろいろと気が合ってしまうらしい。心の中で少しだけ、進矢さんに謝罪しつつ。

「ええ、幸せですよ」

と、素直な言葉を返す。

「それはよかった」

男性もまた、穏やかに微笑んだ。きっとこの男性も、幸せなのだろう。

そこでふと気づいたように、男性が気遣わしげな表情を浮かべた。

「……あの、お時間は大丈夫ですか？」

「え？」

「どこかへ向かわれる途中だったのでは？」

「ああ……いえ、ふふふ。そういうわけではないんですよ。今日は、なんとなくこの辺に来たくなって、お散歩ですの」

「おや、そうでしたか」

「ええ……でもそうですね、たまたまあなたにお会いして、お話しできてなんだか満足してしまいました。そろそろ帰ろうかしら」

「ああ、これはすみません、お引き留めしてしまいまして」

「いいえ、楽しい時間でした。そちらは？」

「僕は……ええ、ちょっと人待ちで」

「そうですか。では、失礼いたします」

「本当に、ありがとうございました」

男性に会釈《えしやく》して、私は駅と反対方向に歩き始める。タクシーを見つけたら、すぐに拾って帰ろう。なんだか今すぐにでも、進矢さんに会いたい。いつの間にか私は、なくしもののことをすっかり忘れていた。

しばらく歩くと、都合よく進行方向のタクシーがやって来た。それを止めようとして片手を挙げ、ふと手首に巻かれているIP端末が目に入る。

その表示は、やはりERRORのままだった。

4

「交差点で、素敵な殿方に会ったんですよ」

進矢さんの淹《い》れてくれたお茶を飲みながら、私は交差点での出来事を話していた。後ろめたいことは何もないのだけど、少しだけ緊張してしまう。進矢さんは気を悪くした様子もなくお茶をすすって、話の続きを促《うなが》してくれる。

「何か病気の発作を起こして苦しんでいたところをお助けしたんですけど、なんだか妙に気の合う方で。お互いに幸せだって確認し合いました」

「それはまた、希有《けう》な出会いですね。僕との出会いを忘れていませんか？」

「あら。嫉妬《しっと》してくれるんですか？」

「少しくらい許されるでしょう」

「ふふ、嬉しいです。進矢さん、可愛いですね」

軽口の応酬に、進矢さんはあからさまに口を尖らせてみせる。なんだか歳を重ねるごとに可愛さを増しているような気がするのは気のせいだろうか。

「それでね、不思議なんですけど、私もその方もお互いに、昔どこかで会ったような気がしてたんですよ。だけど名前を聞いても聞き覚えがないし、結局勘違いだろうってことになったんですけど」

「それは確かに珍しいですね。片方だけならともかく二人共ですか」

「そうなんです。そしたらその方が、もしかしたら並行世界で会ってたのかもしれませんねって」

「ああ、なるほど。その可能性はありますね」

その進矢さんの発言を聞いて、私は嬉しくなってつい笑ってしまった。

「ふふ。私もそれとまったく同じことを言いました。やっぱり私と進矢さんの方が気が合いますね」

「それはそうですよ。僕と栞さんは世界一仲のいい夫婦です」

そうしてしばらく二人で笑い合う。幸せな時間。

ひとしきり笑った後でお茶をもう一口飲み、進矢さんは続ける。

「でも、その男性もそれだけ気が合ったというのなら、もしかしたら遠くの並行世界では栞さんの伴侶《はんりょ》だったかもしれませんね」

「まぁそんな。私は進矢さん一筋です。もしそうだとしても、そんな遠くの並行世界の私は関係ありませんよ」

「それは失礼しました」

「よろしい」

しかつめらしく頷いてみせると、進矢さんはおどけてぺこりと頭を下げた。

「あ、そうだ。並行世界と言えば」

すっかり忘れていた。私は左腕のＩＰ端末を進矢さんに見せる。

「見てください。壊れちゃったんですよ」

「おや、本当だ。ERROR表示は初めて見ました」

興味深そうに端末を見て、あれこれといじる進矢さん。まぁ、そうしたところで直るわけはないのだけど。

「明日、役所に行って取り替えてもらいましょう」

「でも、壊れてる間にパラレル・シフトしてしまったらどうしましょう」

「なに、そんなに気にすることはないでしょう。なんだかんだで、栞さんは遠くへパラレル・シフトすることは一回もなかった。近くへのシフトならすぐ元に戻りますよ」

進矢さんにそう言われて、少し安心する。

子供の頃から虚質が不安定で、大人になっても近くへのパラレル・シフトを繰り返してきた私だけど、結局どの並行世界でも、私は進矢さんと一緒にいた。だから大丈夫。

「そう……ですね。考えてみれば、昔はそれが当たり前でしたしね」

「そうですそうです」

穏やかに頷いて、進矢さんはお茶を一口。私もそれに続き、ほっと息をつく。

大丈夫。進矢さんの言う通りだ。もし今の私が一つや二つ隣の世界にいても、そこには必ず進矢さんがいてくれる。もしかしたら遠くの並行世界には、私と進矢さんが別々に生きる世界もあるのかもしれないけど、そんな遠くの世界の私は、私とは関係がない。

……本当に？
一つ隣の世界の私は、私と同じ私。二つ隣の世界も、三つ隣の世界も。
じゃあ、それが一〇だったら？　二〇だったら？
いったいどこで、私は私じゃなくなるんだろう？
それとも、どこまで行っても私は私？
だとすれば、どこかの世界にいるかもしれない進矢さんと結ばれなかった私も、私？
私。
私は。
顔を上げる。
目の前でお茶を飲んでいる進矢さんの姿が、なんだかぶれている気がする。
ＩＰ端末を見る。表示はERRORのまま。
その文字列が、急に恐ろしいものに思えてきた。
お願い。
ゼロに戻って。
ここが私の世界だと、私はここにいるんだと、信じさせて――

○

夜の昭和通り交差点は、昼間よりも人通りが多く思えた。

交差点の北西側は飲食店や居酒屋が並び立つ歓楽街だ。むしろこれからが人通りのピークなのかもしれない。

私は南西側、レオタードの女の銅像が建つ広場のベンチに一人ぽつんと座って、人や車の流れをぼんやりと眺めている。もうどのくらいこうしているだろう。

やっぱり、ここで何かを、なくしてしまったような気がして——

「栞さん」

突然すぐそばで聞こえた声に、顔を上げる。

私の目の前に、進矢さんが立っている。

「迎えに来ました。帰りましょう」

進矢さんは、優しい笑顔で手を差し伸べてくれた。

お茶を飲んでいるときは、まだ平気だったのだ。

だけどお茶を飲み終えて、一人の時間を過ごしているうちに、ＩＰ端末がエラーであることがたまらなく不安になってきた。

私は今、どこにいるの？

それがわからなくて怖くなった私は、何故だか無性《むしょう》にこの交差点に来たくなった。

それで、夜だというのに散歩に行くと言って、一人でここまで歩いて来た。

時計を見る。家を出てからいつの間にか二時間も過ぎている。進矢さんもさすがに心配して来てくれたのだろう。怒ってもいいのに、優しい笑顔で、こうやって私に手を差し伸べてくれている。

「ここで、高崎さんに出会ったんです」

「はい」

私が話し始めると、進矢さんは手を下ろして私の隣に座ってくれた。

「人を待ってると言ってました。会えたのかは、わかりませんけど」

「きっと、会えたんじゃないですか」

「そう、ですね……」

進矢さんは、優しく私の相手をしてくれる。私の意味のわからない行動に困っているはずなのに。歳も歳だ、いよいよ始まったかと思われてもおかしくないのに。

「……どこかで会ったような、気がしたんです」

「高崎さんと、ですよね」

「はい。高崎さんも、そう言ってました」

「子供の頃に、学校が一緒だったとか？」

「いえ……結局、ただの勘違いなんでしょうけど」

いったい何の話だと、進矢さんは思っていることだろう。私だってそう思ってる。私はいったい何を言いたいんだろう。ここへ来て、何がしたかったんだろう。

「……私の虚質って、不安定じゃないですか」

「はい」

「だから、パラレル・シフトもしやすいんです」

「そうですね」

「でも、IPがわからなくなってしまって」

とりとめもなく、私の不安を口にする。自分で整理できていないのだから、口から出る言葉も支離滅裂だ。

「高崎さんが、言ったんです。もしかしたら、並行世界で会ったことがあるのかもしれないって。ああ、そうだな、って思いました」

「そうかもしれませんね」

一度した話を繰り返しているだけなのに、進矢さんは律儀《りちぎ》に相槌《あいづち》を打ってくれる。だけど今は、それすらも不安に繋がってしまう。

「私、わからなくて」

進矢さんの方がよっぽどわからないだろう。

「ここで、何かをなくしたような気がして」

何もなくしてなんかいないはずなのに。

「ここがどこなのか、わからなくて。私がどこにいるのか、わからなくて。並行世界の私が、並行世界で高崎さんと会ってたとしたら、その世界の私は、進矢さんとは出会ってないかもしれなくて。でもその私も、私と同じ私で。だったらつまり、私も進矢さんとは出会ってないかもしれなくて……」

何を言っているのかわからない。言葉も思考も、だんだんばらばらになっていくのを感じる。私が私でなくなっていくような。世界が世界でなくなっていくような――

「栞さん」

声が、聞こえた。

優しい、力強い、私の大好きな声が。

「栞さん」

「……はい」

「内海栞さん」

「はい」

「栞さん」

「はい……」

何度も何度も。私はただ、返事をする。

「大丈夫」

進矢さんは、何も怖がることはない、と伝えるような瞳で、私を見つめて。

「僕が、君の名前を呼ぶから」

そう、言った。

「覚えてますか？　鬼隠しに遭った太郎くんを、栞さんが助けたときのことを。栞さんは太郎くんの名前を呼んで、揺らぐ虚質を確定させました」

そんなことが、あったようななかったような。あまり思い出せない。あのときの私はただ必死だったし、その後はすぐに気を失ってしまった。だからよくわからない。

だけど進矢さんは、確信に満ちた声で続ける。

「それだけでいいんです。存在を確立させる方法なんて、誰かが名前を呼ぶだけでいいんです。栞さんが太郎くんにしてあげたみたいに」

そう、なんだろうか。本当にただそれだけで、安心できるんだろうか。

まるで小さな子供のように怯える私の肩を抱き、進矢さんは揺らがない声を、言葉を聴かせてくれる。

「だから、僕が君の名前を呼びます。死ぬまで君の名前を呼び続けます。それは誰にも譲れない、僕の役目です」

その言葉の一つ一つが、私の不安を打ち倒してゆく。

そして進矢さんが、もう一度、私の名前を呼んでくれる。

「栞さん」

その瞬間。

私の胸は、温かいもので満ちていった。

ああ、本当だ。

愛する人に、名前を呼ばれるだけで。

「帰りましょう」

世界はこんなにも、ここにあるんだ。

終章、あるいは世界のどこかで

故　高崎暦　儀　葬儀式場

そう書かれた看板を見たのは、進矢さんと散歩をしているときだった。

通夜と葬儀の日付が書かれており、場所は市内の斎場《さいじょう》になっていた。

葬儀に参列してきては、と提案してくれたのは進矢さんだった。だから私は今日、完全に部外者ではあるけれど、高崎さんの葬儀に参列している。

告別式の場で、私は高崎さんのお棺に、一輪だけ花を捧げた。

「すみません」

声をかけられ顔を向けると、そこには喪服の女性が立っていた。私と同じくらいの歳だと思うが、歳を感じさせない凜《りん》とした眼差しが、女性の気高さを感じさせる。

その女性は、私に深く頭を下げた。

「故人の妻の、高崎和音《かずね》と申します。本日はご参列、ありがとうございます」

「ああ、いえ、そんな。お邪魔してすみません。内海栞と申します」

「あの、失礼ですが、故人とはどういったご関係で？」

そう聞かれるのも当然だ。妻ということは、相当の長い時間を高崎さんと共有されているはずで、その最後にいきなり私のような知らない顔があれば確認したくもなるだろう。

少し考えた後、私は正直に答えることにした。

「すみません、実は、関係というほどのものはございませんで。先月、交差点で一度だけお話しさせてもらっただけなんです」

不審者か痴呆扱いされてつまみ出される覚悟もしての発言だったが、意外にも和音さんは、ぱっと顔を華やがせた。

「あら、じゃああなたが交差点のご婦人！」

「え」

「夫から聞いてます。交差点で、素敵なご婦人と出会ったと」

「ああ、それは……なんと言いますか、恐縮です」

驚いた。高崎さんも、大切な人に私の話をしてくれていたんだ。心が温かくなる。

和音さんは、やおら私の手を握ってきた。

「栞さん。私、ずっとあなたにお礼が言いたかったんです」

「お礼?」

「ええ。あなたに会ったあと、暦は言ってました。交差点で出会ったご婦人が幸せだったことが、嬉しいって。まったく知らない人の幸せを喜べることが、とても幸せだって」

「まぁ……」

それは……それはなんて、素敵な考え方だろう。

きっと高崎さんは、とても優しい人だったに違いない。そんな話を聞いてしまうと、私はなんだか、もっと高崎さんの話が聞きたくなってしまった。

「ねぇ和音さん、お葬式が終わって落ち着いたら、また会えませんか?」

「え?　それは構いませんけど……どうして?」

「あなたともっとお話ししたいんです。駄目ですか?」

突然の申し出に、和音さんは困ったように笑う。

「駄目じゃないけど……でも、なんの話をすればいいのかしら」

いきなり変なことを言っているのはわかっている。

だけど、どうしても。

「あなたと、あなたの愛する人のお話を」

私は、その話が聞きたかった。

そして私は家に帰る。

愛する人の待っている、幸せな我が家へ。

私の愛する人は、私の帰りを待っていてくれて。

「お帰りなさい、栞さん」

優しい微笑みで、私の名前を呼んでくれた。

著者略歴　1981年大分県生，作家『ミニッツ　～一分間の絶対時間～』で、第18回電撃小説大賞選考委員奨励賞受賞。他の著書に『僕が愛したすべての君へ』『君を愛したひとりの僕へ』『正解するマド』（以上早川書房刊）など。

HM=Hayakawa Mystery
SF=Science Fiction
JA=Japanese Author
NV=Novel
NF=Nonfiction
FT=Fantasy

僕《ぼく》が君《きみ》の名前《なまえ》を呼《よ》ぶから

〈JA1525〉

二〇二二年八月十日　印刷
二〇二二年八月十五日　発行

（定価はカバーに表示してあります）

著者　乙《おと》野《の》四《よ》方《も》字《じ》
発行者　早川浩
印刷者　草刈明代
発行所　株式会社 早川書房
郵便番号　一〇一－〇〇四六
東京都千代田区神田多町二ノ二
電話　〇三－三二五二－三一一一
振替　〇〇一六〇－三－四七七九九
https://www.hayakawa-online.co.jp

乱丁・落丁本は小社制作部宛お送り下さい。
送料小社負担にてお取りかえいたします。

印刷・中央精版印刷株式会社　製本・株式会社フォーネット社

ISBN978-4-15-031525-2 C0193

本書は活字が大きく読みやすい〈トールサイズ〉です。